DeROSE

∴

# EU ME LEMBRO...

UM RELATO POÉTICO DA SAGA DE UM POVO QUE VIVEU E LUTOU EM ALGUM LUGAR NO PASSADO.

# I REMEMBER...

A POETIC TALE OF THE SAGA OF A PEOPLE WHO LIVED AND FOUGHT SOMEWHERE IN THE PAST.

EGRÉGORA

**Utilizamos em nossos livros papel certificado FSC. Tal selo garante que a madeira utilizada na produção do papel é oriunda de um processo ecologicamente correto, socialmente justo e economicamente viável, como também cumpre todas as leis e normas vigentes.**



Impresso no Brasil/*Printed in Brazil*

COMENDADOR

# DeROSE

Professor Doutor *Honoris Causa* pelo Complexo de Ensino Superior de Santa Catarina
Comendador pela Secretaria de Educação do Estado de São Paulo, Núcleo MMDC Caetano de Campos
Comendador pela Ordem do Mérito Farmacêutico Militar, do Exército Brasileiro
Comendador pela The Military and Hospitaller Order of Saint Lazarus of Jerusalem
Cruz de Mérito da Cruz Vermelha
Grã-Cruz pela Academia de História Militar Terrestre do Brasil
Grã-Cruz Heróis do Fogo, pelo Corpo de Bombeiros do Estado de São Paulo
Membro do CONSEG – Conselho de Segurança dos Jardins e da Paulista
Membro da ADESG – Associação dos Diplomados da Escola Superior de Guerra
Laureado pelo Governo do Estado de São Paulo, OAB, Justiça Militar da União,
Polícia Militar, Polícia Técnico-Científica, Exército Brasileiro, Defesa Civil, ABFIP ONU etc.

# EU ME LEMBRO...

# I REMEMBER...

DeROSE METHOD

**Vídeos na Fan Page** – https://www.facebook.com/professorderose
https://youtube.com/metododerose
https://derosemethod.org/blogdoderose
https://www.instagram.com/professorderose

**São Paulo SP – Al. Jaú, 2000 – tel. (+55 11) 3081-9821**

Paris – London – New York – Roma – Madrid – Barcelona – Buenos Aires – Lisboa – Porto – Rio – São Paulo

4ª. Edição: 2020 – 3000 exemplares

Pedidos deste livro podem ser feitos para:
DeRose Editora – Alameda Jaú, 2000 – CEP 01420-002, São Paulo, SP – Brasil
Ou para egregorabooks.com

Desejando adquiri-lo diretamente da editora, escreva para secretaria@metododerose.org ou telefone para (00 55 11) 3081-9821 ou 99976-0516.



Produção editorial totalmente realizada em Word pelo autor (digitação, ilustrações, fotos, paginação etc.)
Capa: Carolina Sena
Project supervisor: Fernanda Neis
Revisão de português: Vênus Santos e Diana Raschelli
Revisão de formatação e detalhamento: Cláudio Lelli
Revisão geral: Federico Giordano
Translation: John Conway Chisenhall, Fabio Martins
Revisão do inglês: Amanda Deitsch, Camila Ribeiro, Tim Whiteside
Aquarelas: Meire de Oliveira
Book designer: DeRose
Produção gráfica: DeRose Editora
Realização gráfica: Office
Impressão / Print: Rettec Artes Gráficas Ltda.

**Dados Internacionais de Catalogação na Publicação**

---

D278 De Rose, 1944-
Eu me lembro : um relato poético da saga de um povo que viveu e lutou em algum lugar no passado / Comendador DeRose. – 4. ed. – São Paulo : Egrégora, 2020.
[192] p. : il. color.

ISBN: 978-85-62617-67-6
Aquarelas por Meire de Oliveira.

1. Mitologia. 2. Relações humanas. 3. Convivência. I. Título. II. Oliveira, Meire de, ilustr.

CDD (23. ed.): 398.2

---

Maria Emília Pecktor de Oliveira
Bibliotecária – CRB-9/1510

# ÍNDICE GERAL

# Eu me lembro...

*À História, prefiro a Mitologia.*
*A História parte da verdade e ruma em direção à mentira.*
*A Mitologia parte da mentira e se aproxima da verdade.*
Jean Cocteau.

Eu me lembro... e em seguida deslembro. Desde pequeno recordo-me de sonhos, de imagens do inconsciente, de símbolos da minha mente.

Não quero saber o que são essas lembranças. Não quero saber, porque todas as vezes em que interrompi o livre fluxo das recordações para questioná-las com a causticidade da lógica, elas foram podadas e não prosseguiram. E algumas eram tão doces! Como pude interromper lembranças tão ternas com a lâmina fria do intelecto? Só para me vangloriar comigo mesmo: "sou racional"!

Que vantagem há em ser racional? Se o onírico é tão rico e tão belo? Portanto, não me pergunte que lembranças são estas. Não quero saber. Quero que fluam. E que continuem sempre, simplesmente, fluindo. Quero sorrir com elas. Quero verter lágrimas de emoção com elas. Quero compartilhar com você essas emoções.

Venha comigo, viajar pelo passado, ou pelo futuro, ou por alguma dimensão subjetiva, na qual poderemos nos esquecer do mundo como ele é hoje, e da objetividade do concreto e do ângulo reto. Venha. Vamos viajar pelas minhas memórias. Quem sabe se, lendo estas recordações, você não se recordará também?

# I REMEMBER ...

*I've always preferred mythology to history,*
*because history is made of truths, which in time becomes lies.*
*And mythology is made of lies, which in time becomes truths.*
Jean Cocteau

*I remember... and then I unremember. Since I was a little boy I could recall my dreams, images from the unconscious, symbols from my mind.*

*I don't want to know what these memories are. I don't want to know because every time I interrupted the free flow of recollections to question them with the causticity of logic, they were cut short and didn't continue. And some were so sweet! How could I have interrupt such tender memories with the cold blade of the intellect? Was it just to flatter myself: 'I'm rational!'*

*What is the advantage to being rational? Especially as the oneiric is so rich and beautiful? So, don't ask me what are these memories. I don't want to know. I want them to flow. And that they may, simply, forever continue to flow. I want to smile with them. I want to cry tears of emotion with them. I want to share these emotions with you. Come with me, travel through the past, or through the future, or through some subjective dimension, where we can forget the world as it is today, end the objectivity of the concrete and of the right angle.*

*Come.*

*Let's go travel through my memories. And, who knows if, in reading these recollections, you may recollect too?*

## NÃO ME LEMBRO

Não me lembro dos nomes, nem do meu, nem dos de meus pais, nem do nome de ninguém. Não me lembro da língua que falávamos. Quando me recordo é sem idioma. Preciso traduzir a pura lembrança para a língua que falo hoje. Não me lembro do nome do nosso povo, nem da localização da nossa aldeia. Só me lembro de que a região era plana e de que havia muita vegetação verdejante na parte mais próxima de onde vivíamos.

# I DON'T REMEMBER ...

*I don't remember the names, not even my own, nor those of my parents, nor the name of anyone. I don't remember the language we spoke. When I remember, it is without language. I need to translate a pure memory into the language I speak today. I don't remember the name of our people,,nor the location of our village. I only remember that the region was flat and that there was an abundance of verdant vegetation in the area close to where we lived.*

# As manhãs da minha infância

Lembro-me de uma linda manhã de sol, em que os campos floridos ondulavam com a brisa fresca. Eu devia ter uns quatro anos de idade e minha mãe me ensinava como caminhar na trilha de terra evitando pisar sobre as folhas secas "para não ferir alguma serpente que estivesse dormindo e não percebesse nossa aproximação", dizia ela. Segundo minha mãe, a serpente não era má e não me morderia por mal e sim por medo de mim, que era um animal muito maior do que ela.

Mamãe me ensinava também a perceber o ruído particular que cada animal, ave ou inseto fazia ao se deslocar ou ao espreitar. De fato, depois que passei a prestar atenção, podia perfeitamente separar o ruído do vento na vegetação, do chamado de um inseto quase imperceptível, ou do leve bater de asas de uma ave de rapina planando baixo para caçar um roedor desavisado.

Um dia ela me disse:

– Shhh! Ouça.

Mas não ouvi nada. Então, ela apontou com o dedo médio, como era costume entre nosso povo. Olhei e nada vi. Mas comecei a perceber um leve ruído como se fosse uma lixa passando de leve sobre o chão arenoso.

– Não se mova para não assustá-la!

Em poucos instantes, vimos uma majestosa naja amarronzada de uns dois metros de comprimento saindo de trás do capinzal. Por tudo o que minha mãe me ensinou, posso dizer que lhe devo a vida várias vezes.

Passávamos a manhã inteira brincando de furar o solo de terra fofa com o dedo polegar e jogando dentro do orifício umas sementinhas. Depois, ficávamos algumas semanas brincando de colocar água e esterco de vaca em torno de cada local plantado.

# THE MORNINGS OF MY CHILDHOOD

*I remember a beautiful sunny morning, when the fields of flowers undulated with the cool breeze. I must have been about four years old and my mother was teaching me to walk along the dirt path without stepping on the dry leaves so as to "avoid hurting a serpent that could be sleeping and hadn't notice us getting close", she would say. According to my mother, snakes were not bad and wouldn't bite in spite, rather they would only bite out of fear, as I was such a big animal.*

*Mother would also teach me to notice the unique sound that each animal, bird or insect made as they moved or lurked in Nature. In fact, after I had begun to pay attention, I could perfectly distinguish the sound of wind in the vegetation from the nearly imperceptible call of an insect, or the light flutter of a bird's wings as it glides down to prey on an unsuspecting rodent.*

*One day she told me: "Shhh! Listen."*

*But I didn't hear a thing. So, she pointed her middle finger, as it was customary among our people. I looked, and I saw nothing. But I began to notice a soft noise similar to that of a sanding file going over sandy ground.*

*"Don't move, we don't want to scare it!" she softly whispered.*

*After a few moments, we saw a majestic brownish cobra about two meters long coming out from under the tall grass. I owe my mother my life many, many times over, for everything she taught me.*

*We would spend the whole morning playing, the game was to dig a hole on the soft soil with your thumb and put inside a tiny seedling. Then we'd spend weeks playing a game of watering and adding manure around each spot we planted.*

Também devíamos conversar e rir bastante ali por perto. Mamãe dizia que se a sementinha ouvisse nossa conversa e nossos risos ela iria pôr a cabecinha de fora para ver o que se passava. Então, permanecíamos dias a fio conversando e contando casos engraçados, esperando ansiosamente que a semente pusesse a cabeça para fora da terra.

Minha mãe tinha razão. Dali a alguns dias, vi, com uma alegria impossível de descrever, o primeiro broto saindo para o sol. E depois outro e outro.

– Agora – disse-me ela – devemos mostrar às plantinhas que o mundo aqui fora vale a pena. Vamos ficar sempre felizes uns com os outros que é para as plantinhas não voltarem lá para dentro. Também devemos cuidar delas porque, coitadinhas, não podem se deslocar como nós para ir beber água quando tiverem sede, nem para fugir quando alguém for pisar nelas.

Colocamos proteções de bambu à sua volta e todas as manhãs lhes dávamos água, porque era verão e o calor estava muito forte. Havia uns dias em que precisávamos protegê-las do sol e cobríamos uma grande área com um tecido quase transparente e já meio velho, mas que era mantido imaculadamente limpo. Nunca perguntei por que esse tecido era lavado, se ia ficar exposto ao sol e ao vento que, às vezes, levantava nuvens de poeira avermelhada. Mas, incansavelmente, as mulheres da aldeia, lavavam os metros e metros de tecido, sempre cantando e dando risadas das coisas mais simples.

Certa vez foi por causa de uma rã que saltou para dentro da cesta de vime. Uma das mulheres comentou que a rã estava querendo acasalar e, por esse motivo absolutamente ingênuo, as mulheres deixaram-se rir até o entardecer.

*We would also talk and laugh a lot by the area we planted. Mommy said that if the seeds heard our conversations and our laughter it would stick its little head out to see what was happening. For days we would talk and tell funny stories, anxiously waiting for the seeds to stick their head out of the ground.*

*My mom was right. A few days later I saw the first sprout coming out into the sun. I felt indescribable joy. And then another, and another.*

> *"Now," she told me "we should show these plants that the world out here is great. We must always be nice to one another so the little plants don't feel compelled to go back inside. The poor little things, they can't move around to drink water when they are thirsty nor escape when someone is about to step on them, like we can. So, it is our duty to care for them."*

*We put protective bamboo around them and every morning we would water them as it was summer and the heat was very intense. Some days we needed to protect them from the sun. We would cover a large area with an almost transparent fabric, although it was quite old and worn it was kept immaculately clean. I never asked why this fabric was washed if all it did was to be exposed to the sun and wind — which kicked up clouds of brownish dust. Yet, tirelessly, the women of the village would wash meters and meters that fabric, always singing and laughing about the simplest things.*

*One time a frog that jumped inside a wicker basket. One of the women said that the frog was looking for a mate, and this absolutely innocent reason, set the women laughing until sunset.*

# O ENTARDECER

Se pela manhã o divertimento era plantar e regar, à tarde íamos à fonte buscar água fresca que levávamos para casa em pesados tonéis de madeira os quais, felizmente, eram transportados rolando sobre suas laterais que funcionavam como rodas e eram puxados por meio de uma alça entalhada de cada lado. Como toda criança, eu cobria minha mãe de perguntas e queria saber por que não utilizávamos as búfalas para a tração do tonel. Minha mãe explicava que não era tão grande nem tão pesado quanto me parecia a mim que era pequeno, e que os animais tinham outras funções mais importantes.

Chegando à casa, a água era transferida para a cisterna, apoiando-se o tonel numa reentrância escavada no arenito especialmente para esse fim, de forma a encaixar a abertura numa posição baixa, capaz de deixar escoar quase toda a água quando retirávamos a tampa de resina. Depois, era só dar mais um sacolejão com o tonel já bem mais leve, e o restante do líquido escorria para fora.

Algo que sempre me impressionou era a engenharia do fornecimento de água da nossa casa. Na cidade, dispunham de canais que conduziam pequenas quantidades de água, suficientes, porém, para as necessidades de todos. Nós vivíamos fora da cidade e precisávamos nos prevenir, pois contávamos só conosco. A cisterna foi escavada no arenito, mais macio do que a rocha, mas suficientemente resistente para suster o precioso elemento. As paredes internas eram revestidas de uma seiva retirada das árvores próximas a qual, depois de seca, ficava impermeável e aromatizava a água. O reservatório me parecia enorme e precisávamos de muitas viagens diárias para enchê-lo e mantê-lo assim durante todo o período em que a nascente fornecia água. Depois vinha a estiagem e passávamos meses sem chuva, utilizando somente o que tivéssemos conseguido estocar. Cada casa possuía a sua cisterna, umas maiores, outras menores. Algumas eram beneficiadas pela topografia do terreno, como era o caso da nossa.

# AT DUSK

*In the mornings we had fun planting and watering, and, in the afternoons, we went to the water spring to fetch fresh water. We took the water home in heavy wooden barrels. Fortunately, the barrels could be rolled on their sides, functioning as wheels, and we pulled them with a handle notched into each end. Like only children can, I would barrage my mother with questions, I wanted to know why we didn't use buffaloes to pull the barrel. My mom explained that the barrels were not as big or as heavy as they seemed to a little child like me, and that the animals had other more important jobs.*

*When we arrived home, the water was transferred to the cistern, resting the barrel in a recess dug into sandstone made especially for this purpose. This placed the opening in a downward position, allowing almost all the water to flow out when we removed the resin cover. Then, it would only take another shake of the now much lighter barrel, for the remainder of the liquid to pour out.*

*The engineering of our house's water supply always impressed me. The city had water channels distributing small amounts of water, just enough to meet everyone's needs. We lived outside the city and needed to be prepared, as we only had each other. The cistern was dug into sandstone — softer than rock, yet resistant enough to sustain the precious liquid. The internal walls were covered with a sap taken from the trees nearby which, when dry, was impermeable and even flavored the water. The reservoir seemed enormous to me. We had to travel back and forth numerous times to fill it and keep it that way while the spring provided water. Later when the drought would come, months would go by without rain, we had to use what we had been able to stock. Each house had its own cistern, some larger, others smaller. A few of them benefited from the topography of the land, as was the case with ours.*

O caminho conduzia até a abertura superior. Pelo outro lado, havia uma abertura embaixo com um engenhoso sistema de regulagem que só permitia a saída do suficiente para manter cheia uma cuba de pedra onde íamos buscar as quantidades necessárias para lavar-nos ou para beber e cozinhar.

Algumas vezes, ocorriam vazamentos e faltava suprimento de água para alguma das famílias da aldeia. Então, os vizinhos se cotizavam e cada um dividia sua água na medida do possível. Sempre deu para todos.

Como as funções eram alternadas, quando não precisávamos buscar água, íamos trazer as cabras e os búfalos para guardá-los perto da choupana.

*The path led to the upper opening. On the other side, there was an opening at the bottom. It had an ingenious system that allowed the release of just enough water to fill a stone vat, from which we could take only the necessary to bathe, drink and cook.*

*Some of the families in the village were unfortunate to sometimes, have leaks or shortages in their water supply. So, the neighbors would pool their resources and share all the water they could. There was always enough for everyone.*

*Our chores varied, when we didn't need more water, we would gather the goats and buffaloes to keep them near the hut.*

# O PÔR-DO-SOL

Quando o sol se punha, todos parávamos o que estivéssemos fazendo e ficávamos em pequenos agrupamentos observando o crepúsculo. As famílias se reuniam, as crianças se encarapitavam nos ombros dos mais velhos ou no colo dos pais. Os casais se acolhiam e acariciavam.

Essa era a "hora de fazer as pazes", se alguém ainda estava ressentido com alguma coisa; era também a hora de recitar poesias, quase sempre compostas de improviso, ali mesmo. Sempre foi muito fácil para o nosso povo compor poemas de amor, ao pôr-do-sol, pois os rostos ficavam docemente iluminados pelo alaranjado do sol poente.

Não tínhamos noção do que era aquele disco luminoso no céu, mas sabíamos que era lindo e que devíamos a ele a nossa vida, a luz que nos iluminava, o calor que nos aquecia no inverno. Não imaginávamos que fosse alguma divindade e sim um fenômeno natural como o raio, o trovão ou a chuva, e o reverenciávamos com um grande respeito e afeto.

# THE SUNSET

*When the sun went down, we all stopped whatever we were doing and gathered in small groups to watch the twilight. The families gathered together, and the children perched atop the shoulders of the elders or on the lap of their parents. The couples held each other and exchanged caressed one another.*

*This was the moment to 'make up' if someone was still resentful about something. It was also the moment to recite poetry, almost always improvised on the spot. During the sunset, it was always very easy for our people to write love poems, as the faces were gently kissed by the orange hue of the setting sun.*

*We had no idea what that luminous disk in the sky was, but we knew it was beautiful. We owed it our lives, the light that shines over us, the heat that warms us in winter. We never imagined it as a deity, instead we always took it as a natural phenomenon like the lightning, then thunder and the rain. We revered it with great respect and affection.*

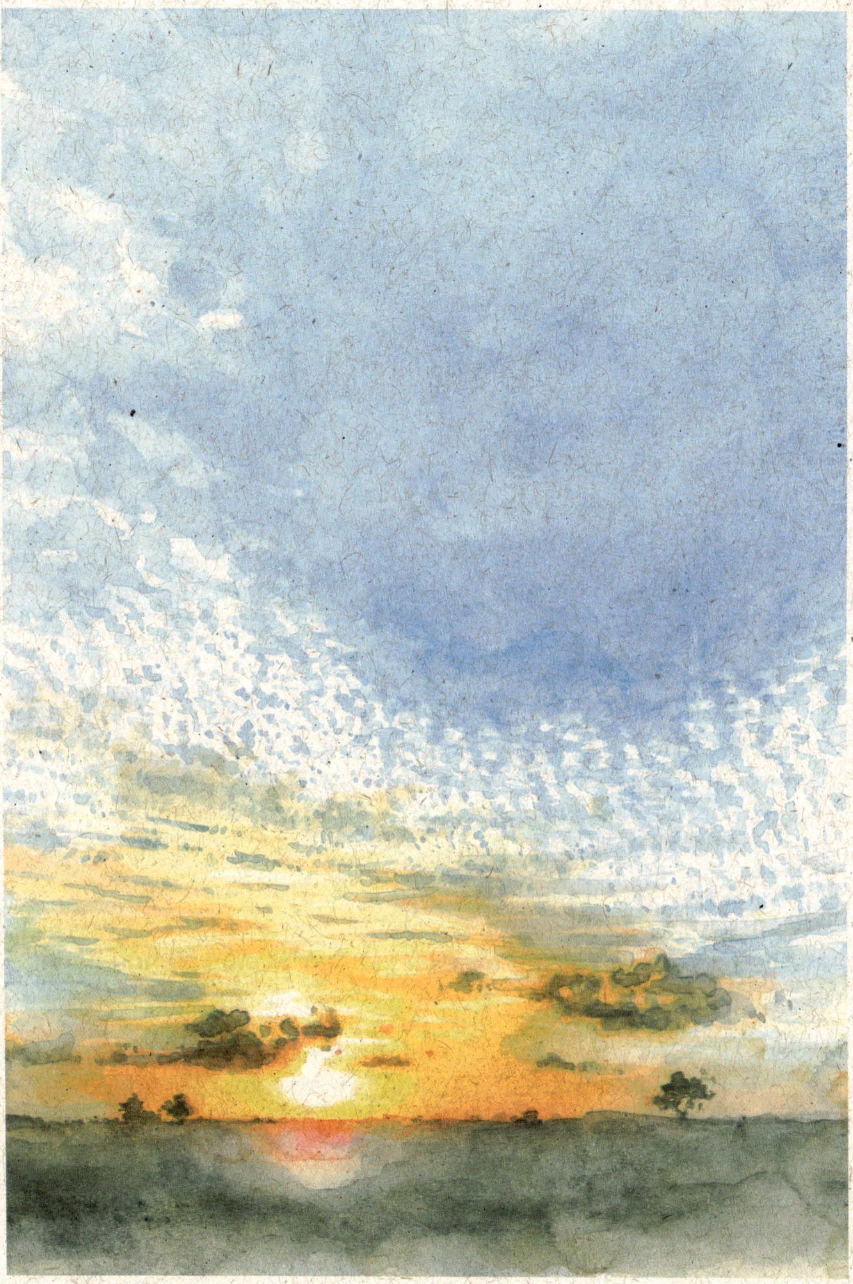

# A RELIGIÃO

Mercadores e outros viajantes vindos de terras distantes, passando pela nossa região, comentavam que éramos um povo estranho por nossa forma de ser e, mais ainda, pela nossa religião. Eu não achava nosso povo nada estranho. Estranhos eram os outros, que tinham o semblante contraído, carregavam pesados símbolos religiosos e eram obrigados a fazer rituais e oferendas a deuses que eles nunca haviam visto, mas juravam que existiam.

Eles achavam curioso que não tivéssemos templos e que venerássemos as forças da natureza. A estas, não as chamávamos de deuses. Simplesmente prestávamos reverência ao sol, que nos iluminava e aquecia; às árvores, que nos proporcionavam alimento, sombra e madeira para construir nossas casas; aos rios, que possibilitavam a vida de todos os vegetais e animais. Não precisávamos de símbolos para adorá-los, pois a Natureza estava à nossa volta. Se queríamos reverenciar o sol, não precisávamos de um símbolo solar, bastava voltarmo-nos para ele, que estava ali todos os dias. À noite, a lua e o céu estrelado eram por si sós um magnífico templo abobadado sobre as nossas cabeças, a influenciar nossas colheitas, a gestação de nossas mulheres e o comportamento de todos, até dos animais.

Nós podíamos ver aqueles que cultuávamos. Isso tornava nossa reverência muito mais concreta. Quando semeávamos, agradecíamos à terra. Quando colhíamos, agradecíamos à planta que nos cedia o alimento. Quando nos banhávamos nos rios ou quando bebíamos a água das fontes, agradecíamos por ela estar ali para purificar-nos o corpo e nos saciar a sede. Por isso, não precisávamos de sacerdotes, nem de rituais.

# Religion

*When journeying through our land, merchants and travelers from distant lands, commented that our way of life and, even more so, for our religion made us a strange people. I didn't think our people were strange at all. They were strange. Their tense countenance, they carried heavy religious symbols and were obligated to perform rituals and give offerings to gods they swore existed, but had never been seen.*

*They thought it odd that we didn't have any temples and that we revered the forces of Nature — which we didn't call 'gods'. We simply revered the sun that brightened our days and kept us warm; the trees, that offered us food, shade and wood to build our homes; the rivers, that made the live of all plants and animals possible. We didn't need symbols to adore them, because Nature was all around us. If we wanted to pay homage to the Sun, we didn't need a solar symbol, we could simply turn towards the Sun. It is there every day. At night, the Moon and the starry sky alone were a magnificent temple domed over our heads, they influenced our crops, the gestation of our women and the behavior of everyone, even the animals.*

*We could see what we worshiped. This made our reverence more tangible. When we sowed, we thanked the earth. When we reaped the harvest, we thanked the plant that provided food. When we bathed in the rivers or when we drank the waters from the springs, we thanked the water for being there to purify our bodies and quench our thirst. This is why we never needed any priests or rituals.*

Observamos várias vezes entre forasteiros que, quando algum deles caía doente ou sofria um acidente ou qualquer outra ocorrência infeliz, quase sempre eles atribuíam a desventura à ira dos deuses ou outros seres sobrenaturais por alguma falta cometida. Entre nosso povo, ao contrário, quando alguém ficava enfermo, feria-se ou morria, aceitávamos, simplesmente, que essas coisas acontecem. Estávamos testemunhando isso ocorrer o tempo todo com os animais e com as plantas, que também adoeciam, sofriam acidentes e morriam, naturalmente. E procurávamos tirar da experiência algum aprendizado para evitar, na medida do possível, que o fato desditoso se repetisse. Éramos muito mais felizes que os estrangeiros, uma vez que não nutríamos medos nem culpas.

*We noticed several times that when one of the outsiders fell ill, suffered an accident or had another misfortune, that they often attributed this to the wrath of the gods — or some other supernatural beings as a result of their own misconduct. On the other hand, among our people, when someone was sick, hurt or died, we simply accepted that these things happen. We witnessed this happening all the time to animals and plants: they too fell ill, suffered accidents and died, naturally. We would try to extract a lesson from such experiences so as to avoid, as much as possible, the repeating of any unfortunate incident. As we didn't nurture fear or guilt, we were happier than the foreigners.*

# As reuniões em torno do fogo

Depois de nos lavarmos e de fazermos nossa última refeição do dia, os adultos mais jovens traziam lenha e acendiam uma fogueira no centro da aldeia. Os mais velhos sentavam-se junto ao fogo e contavam casos de sua juventude, ensinavam coisas que lhes vinham à mente, elogiavam alguma atitude construtiva que tivessem notado durante aquele dia, teciam planos para as atividades do dia seguinte. Quase sempre essas reuniões eram muito alegres. Frequentemente alguém tinha uma estória engraçada para contar e ficávamos todos rindo até tarde.

A reunião em torno do fogo também era utilizada para que as famílias consultassem os que entendiam mais a respeito de um determinado assunto. Sentavam-se juntos e trocavam informações, no mesmo clima de descontração.

As crianças eram as primeiras a cair dormindo. Pouco a pouco, todos iam se retirando, até que só ficavam os que constituíam o Conselho dos Anciãos. Aí começava uma assembléia informal para deliberar as medidas sobre proteção, plantio, urbanização. Quem quisesse poderia ficar acordado até mais tarde e assistir como as decisões eram tomadas, mas a maioria preferia ir descansar e confiava na competência dos idosos. Afinal, quem já tinha vivido 40 ou 50 anos forçosamente tinha que ter acumulado muito conhecimento e experiência de vida.

Certa vez, as monções vieram mais fortes do que se esperava e ocorreram inundações. Graças ao Conselho dos Anciãos, as casas da maior parte da população haviam sido erigidas nas partes altas. Entretanto, havia um certo número de habitantes que não quiseram dar crédito à experiência dos Anciãos e, desprezando seus conselhos, construíram suas casas numa área aparentemente mais aprazível. Naturalmente, essas habitações foram cobertas pelas águas. Contudo, não chegou a constituir nenhuma tragédia.

# FIRESIDE GATHERINGS

*After washing ourselves up and having a day's meal, the young adults would collect fire wood and start a bonfire in the middle of the village. The elders sat by the fire and told storied from their youth, they taught us anything that would come to their minds, they praised someone's constructive attitude that they had noticed during that day, and they made plans for the next day's activities. These gatherings were almost always very cheerful. Often someone would have a funny story to tell and we would laugh together all night long.*

*These fireside chats were also a moment for the families to consult others who had more experience with a particular subject. They sat together and exchanged information in the relaxed atmosphere.*

*The children were the first to fall asleep. Little by little, everyone would start leaving, until the only ones left were the members of the Council of Elders. Then an informal meeting would begin to deliberate the measures concerning protection, planting, and urbanization. Anyone who wanted could stay up late and watch how the decisions were made, but most would rather go rest and trust the expertise of the elders. After all, anyone who had already lived 40 or 50 years must have had to accumulate a lot of knowledge and life experience.*

*On a specific season, the monsoons were stronger than expected and there were floods. Thanks to the Council of Elders, the homes of most of the population had been built in the elevated parts of town. However, there were some people who refused to give due credit to the experience of the elders, they built their homes in what appeared to be a more pleasant area of town, going against the advice of the Elders. As expected, the flood waters consumed those houses. Although it didn't result in any tragedies.*

Esses aldeões menos previdentes levaram uma bela lição moderadora do orgulho ao perder suas casas e tudo o que possuíam, mas foram salvos e abrigados pelos vizinhos mais bem situados. Durante algum tempo, as recomendações dos Anciãos foram mais respeitadas por aqueles irreverentes. Depois, vários deles esqueceram-se do ocorrido e voltaram a achar que podiam desacatar a voz da experiência.

*These shortsighted villagers were given a well-deserved humbling lesson to their pride, as they lost their homes and everything they owned. They were saved and sheltered by their neighbors who had followed their elders. For a while, the Elder's recommendations were followed more closely by those irreverent villagers. A while later, several of them forgot about the incident and began to disregard the voice of experience yet again.*

## A COZINHA DA NOSSA CASA

Lembro-me da cozinha, o lugar mais aconchegante da casa. O que eu mais gostava era da proximidade com o fogo e do cheiro bom da comida. Quando era menor, um dia quis tocar no fogo e minha mãe me ajudou nessa aventura. Ela me disse:

– O fogo é muito tímido e quando você tenta segurá-lo ele foge. Mas também é nervoso como o corvo. Se você segura um corvo pelo pé, ele lhe dá uma bicada. O fogo também faz isso. Então, você não pode ficar muito tempo com a sua mão tentando segurá-lo. Você tem que tentar pegar e tirar a mão depressa.

E assim, aprendi a tocar o fogo sem me queimar.

Quando despertávamos para um novo dia, todos acordávamos sorrindo, brincando e conversando muito porque havíamos ficado longe durante o sono. Íamos diretamente para a cozinha. Ali, meu pai acendia o fogo com alguns gravetos e depois colocava alguns pedaços de lenha. Minha mãe preparava a comida e fazíamos a nossa primeira refeição. Depois, saíamos para os nossos afazeres diários. Mas sempre que estávamos por perto e quando era possível, voltávamos para a cozinha e beliscávamos alguma coisa. Não havia horários para as refeições. Fazíamos como os nossos animais: comíamos o dia todo, quando nos dava vontade.

Contudo, à noite, quando retornávamos das reuniões em torno do fogo, era costume nos reunirmos na cozinha para fazer juntos a última refeição do dia. Era mais um pretexto para ficarmos aboletados uns encostados nos outros ou mesmo meio que por cima, até cairmos de sono.

## THE KITCHEN OF OUR HOUSE

*I remember the kitchen, the coziest place in the house. What I liked most was being close to the fire and the nice aroma of food. When I was younger, one day I wanted to touch the fire and my mother helped me in this adventure. She said:*

> *"The fire is very shy and it runs away when you try to hold it. But it is also as nervous as a crow. If you hold a crow by its foot, it will peck you. The fire will do this too. So, you cannot be long trying to hold the fire. You have to try to grab it and take the hand away quickly."*

*And so I learned how to touch the fire without it burning me.*

*We all woke up to greet a new day smiling, playing and talking a lot because we had been away from each other while asleep. We went to the kitchen straight away. There we would find my father starting a fire with a few tiny sticks before adding the logs. My mother would prepare the food and we would have our first meal. Then we would go out to do our daily chores. But whenever we were close by, and when it was possible, we would go back to the kitchen and nibble on something. There were no meal times. We did just as our animals did: we ate all day, whenever we felt like it.*

*But, at night, when we returned from the meetings around the bonfire, it was custom to get together in the kitchen to have our last meal of the day. It was really an excuse to cuddle up next to each other or on top of one another, until we fell asleep.*

# Nossos alimentos

Comíamos muitos cereais, raízes, frutas e hortaliças, ovos, leite, coalhada, queijo e manteiga. Algumas tribos do noroeste alimentavam-se também de peixes, mas na nossa região considerávamos primitivismo agarrar um animal, ave ou peixe, matá-lo brutalmente e devorá-lo como fazem os mais selvagens predadores.

Nós nos afeiçoávamos às cabras e búfalos, mas não conseguíamos sentir afeição pelos tigres que matavam e dilaceravam nossos animais e parentes. A maior parte das famílias já havia perdido pelo menos um ente querido morto por algum animal carnívoro. Não podíamos descer ao mesmo nível animalesco dessas feras.

Como observávamos muito a natureza à nossa volta, percebíamos que os animais vegetarianos eram amistosos e podiam ser amansados a ponto de trabalhar conosco; e os deixávamos dormir ao nosso lado sem perigo de sermos atacados por eles no meio da noite. Nenhum animal carnívoro pôde ser domesticado para trabalhar para nós, para ser montado ou para puxar uma carroça. Somente o cão se afeiçoou ao homem e, mesmo assim, não nos dava leite nem puxava nossos arados e só servia para a guarda, muitas vezes representando perigo para nossos vizinhos. Só conhecíamos uma raça, muito semelhante ao lobo.

Notamos também diferenças entre as tribos, que podiam ser atribuídas aos hábitos alimentares. O corpo dos que não abatiam animais para se alimentar de suas carnes mortas era mais saudável, a pele bonita e macia, o semblante apaziguado e amistoso. Os do Noroeste, além de serem fisicamente mais rudes, quando algo os desagradava aceitavam tranquilamente sangrar o desafeto, pois estavam habituados a derramar sangue dos animais.

Nossas comidas também eram mais saborosas e aromáticas. Certa vez provamos da comida feita por um clã nômade que nos visitara.

# Our food

*We ate lots of grains, roots, fruits and vegetables, eggs, milk, curd, cheese and butter. Some tribes from the northwest also ate fish, but, in our area, we considered it to be primitive to grab an animal, bird or fish, brutally kill and eat it, just as the most savage predators do.*

*We became attached to the goats and buffalo, but could not feel the same affection for the tigers that killed and tore apart our animals and relatives. A carnivorous animal had taken the life of at least a loved one in most families. We could not stoop down to the same animalistic level as these beasts.*

*As we observed Nature around us frequently, we realized that vegetarian animals were friendly and could be tamed enough to work with us; and we let them sleep near us without ever fearing one of them would attack us. No carnivorous animal could work with us, none could be tamed, ridden or pulled a wagon. It was only the dog that took a liking to man, and they couldn't pull our plows, their role was to protect us, and often would represent danger to our neighbors. We were only familiar with one breed, very similar to wild wolves.*

*We also noticed differences between the tribes that could be attributed to dietary habits. Those who did not butcher animals to eat their meat had healthier bodies, more beautiful and soft skin, and a peaceful and friendly countenance. Those from the Northwest, who were accustomed to shedding the blood of animals, in addition to being physically rougher, would easily draw the blood of their disputants when something displeased them.*

*Our food was also more flavorful and aromatic. We once tasted the food made by a nomadic clan that had visited us.*

Às carnes, é claro, tivemos repulsa e não admitimos colocá-las na boca, até por uma questão de higiene. Mas alguns vegetais que as acompanhavam, aceitamos. Não tinham gosto de nada. Era como se eles achassem que comida era a carne; e que esta não precisava de temperos. O resto não merecia nenhum cuidado especial. Quando lhes oferecemos nossos vegetais, preparados em fornos, com leite e manteiga, condimentados com ervas e sementes aromáticas, largaram de lado a deles e preferiram a nossa comida. Também nos pareceu que não conheciam a arte de fazer pão, pois, sendo nômades, não plantavam os cereais e, assim, davam preferência à caça e à pesca.

Tínhamos vários tipos de pão, cada qual com uma seleção de grãos e ervas, e com um formato diferente. Porém, o pão era sempre pesado e duro. Quando perguntei à minha mãe se não podia ser mais macio, ela riu, fez uma careta e não me respondeu. Fiz-lhe outra careta e continuei mastigando meu pedaço de pão. Mais tarde, descobri que podia deixá-lo um pouco no leite e conseguia a maciez desejada.

Uma iguaria que preparávamos era uma combinação de grãos, deixados de molho em água e ervas aromáticas durante a noite. No verão, comíamos esse prato cru, acompanhado de coalhada. No inverno, o cozinhávamos e nos servíamos dele ainda fumegando.

Nossa família tinha um carinho especial por um arbusto que dava umas sementes redondas, escuras e brilhantes, que eram moídas e guardadas para serem adicionadas a algumas receitas. Além de perfumar o alimento e enriquecer o sabor, dizia-se que tinham a propriedade de aumentar a energia para o trabalho e evitar doenças.

*We thought the meat was disgusting so we did not even consider putting it in our mouths, even as a matter of hygiene. But, we did accept some vegetables that accompanied the meal. They had no taste. It was as if they thought the meal made exclusively of meat — to which they never added any seasoning. Everything else at the table was not worthy of any attention. When we offered them our vegetables, cooked in our ovens with milk and butter, flavored with aromatic herbs and seeds, they tossed their food aside and wanted to eat only ours. It seemed that they did not know the art of bread making, due to their nomadic nature, they didn't plant any grains and, therefore, preferred hunting and fishing.*

*We had various types of bread, each had a mix of grains and herbs, as well as a different shape. However, it was always heavy and hard. When I asked my mother why it couldn't be softer, she laughed, made a funny face and did not answer. I made a face back at her and continued chewing my piece of bread. Later on I discovered that I could leave the bread a short time in a little milk and it would become as soft as I desired.*

*One of the delicacies we made was a combination of grains, soaked in water and herbs overnight. In the summer, we ate this dish raw with curd. In the winter, we would cook it and serve it steaming hot.*

*Our family had an especial taste for a bush that produced round, dark and shiny seeds that we would mill and store to be used in certain dishes. These seed perfumed our food, enhanced the flavor and were said to be capable of increasing the energy for work and preventing diseases.*

# Meu pai

Lembro-me do meu pai. Era um homem simples, mas, como toda a gente da aldeia, vivia feliz. Devia ter uns trinta anos de idade e já estava bem consumido pelo trabalho na lavoura, pelo sol inclemente e por alguns acidentes. Havia perdido um dedo cortando lenha. Por sorte, a ferramenta era de cobre e partiu-se antes de decepar os outros dedos. Mancava um pouco por ter sido mordido no pé por um bicho peçonhento que ele não chegou a ver. Só sentiu a dor da picada e ficou dias de cama com febre. Quando se recuperou, seu pé estava endurecido como uma pedra e havia perdido o tato.

Contudo, os dentes fortes constituíam seu orgulho. Gostava de sorrir por qualquer razão, pois era pretexto para mostrar que não havia perdido nenhum dente, coisa rara naquela idade avançada. Os únicos que passavam muito dessa idade eram os sábios que viviam e se alimentavam de outra forma e jamais executavam trabalhos braçais sob o sol e a chuva, nem estavam sujeitos aos ataques dos animais selvagens. Certa vez, conheci um sábio ancião com suas longas barbas brancas, símbolo da sabedoria que lhe permitira atingir tão dilatada longevidade. Acho que tinha o dobro da idade do meu pai!

Nunca vi meu pai zangado com coisa alguma. A única vez em que ele começou a ficar mais sério por causa de uma disputa com um vizinho sobre a propriedade de umas frutas, minha mãe colocou a cabeça dele em seus seios, acariciou seus longos cabelos muito negros e disse-lhe:

– A árvore está plantada fora do nosso terreno e fora do dele. Você plantou a árvore quando nosso primeiro filho nasceu. Mas quando ele faleceu, você não cuidou mais dela. O vizinho cuidou da árvore a partir de então e acha que tem direito sobre ela. Nós temos sido muito amigos desde que nos conhecemos, e ele nos ajudou e nós o ajudamos muitas vezes. As frutas que caem da árvore não podem ser motivo de conflito.

# My father

*I remember my father. He was a simple man, but, like everyone else in the village, he was always happy. He must have been about thirty years old. The years were unkind to him due to his hard work at farming, constantly under the merciless sun and more than a few accidents. He lost a finger-chopping wood. Luckily, it was a copper tool that broke before chopping off more fingers. He hobbled a bit. He was once bit on the foot by a nasty bug. He only felt the pain from the bite but never saw what bit him. He was days in bed running a fever. When he recovered, his foot was as hard as a rock and he had lost its sense of touch.*

*However, the source of his pride were his strong teeth. He liked to smile for any reason, it was an ideal excuse to show that he hadn't lost a single tooth, a rare thing for elders. The only people who lived beyond his age were the sages, who ate and lived differently and they never performed manual labor under the elements, nor were they ever the subject of an attack by wild animal. I once met a wise elder who had a long white beard, this was a symbol of the wisdom that had allowed him to reach such longevity. I think he was twice as old as my father!*

*I never saw my father get angry at anything. The only time his mood became more somber was because of a disagreement with a neighbor over some fruit. My mother laid his head on her breasts and stroked his long black hair and told him:*

> *"The tree is planted outside our terrain and outside of his. You planted the tree on the birth of our first son. But when he died, you stopped taking care of it. The neighbor took care of the tree from then on and he thinks he has a right to it. We have been good friends since we met, he has helped us and we have helped him many times too. The fruits that fall from the tree cannot be a cause for conflict between us.*

Percebi que ele aprecia nossas flores. Amanhã, vou me oferecer para plantar umas mudas no terreno dele e vocês fazem as pazes.

Meu pai começou a sorrir e beijar o colo da minha mãe. Logo estavam se amando como duas crianças. É que no lugar onde passei minha infância, os adultos não escondiam dos filhos os seus atos de amor. Envergonhavam-se, isso sim, dos seus raros atos de desamor. Por outro lado, meninos e meninas brincavam livremente e faziam suas descobertas sob o olhar benevolente e carinhoso dos mais velhos. Eles não viam nenhum mal nisso. Nossa civilização era alicerçada na liberdade e achávamos que todas as experiências prazerosas deveriam ser saudáveis, e nós as cultivávamos. As dolorosas deveriam ser prejudiciais e nós as evitávamos. Nós e todos os animais à nossa volta tínhamos a mesma opinião sobre isso!

> *"I noticed that he likes flowers. Tomorrow I am going to offer to plant a few on his property and you two can make up." She finished.*

*My father began to smile and kiss my mother's lap. Soon, they were entangled like two lovebirds. It was common, in the place where I spent my childhood, for adults not to hide their acts of love from children. What would shame them would be any rare acts of neglect. Moreover, boys and girls played freely and discovered themselves under the benevolent caring gaze of those older than them, who never saw any harm in it. Our civilization was founded on freedom and we thought that all pleasurable experiences must be healthy, and, therefore, we cultivated them. The painful experiences must be harmful so we avoided them. We, as well as all the animals that lived around us, seemed to share this same opinion.*

# O SEXO

O sexo nunca foi interpretado em nossa cultura como algo que devesse ser restringido ou praticado às escondidas. Dessa forma, nós aprendíamos a colher as benesses da sexualidade observando nossos parentes, nossos amigos e nossos vizinhos em seus folguedos. Como estávamos o tempo todo rindo e brincando, o sexo não chamava muito a atenção de ninguém. Era apenas mais uma forma de rir e brincar.

Justamente pela liberdade reinante, ninguém era muito fixado nesse tema. Também não era necessário que nossos pais nos explicassem nada a respeito. Bastava observar. Apenas um detalhe ou outro de etiqueta era aprimorado pelo aconselhamento dos mais velhos.

Assim, lembro-me de uma experiência da minha puberdade, transcorrida no início do verão, quando, na nossa região, os animais acasalavam-se e os jovens ficavam mais exuberantes. Eu estava à beira do rio, observando o movimento gracioso dos peixinhos a nadar próximos à margem. A ondulação das águas refletindo os raios do sol, tremeluzentes, capturava minha atenção. Olhando um trecho de águas mais plácidas, notei o reflexo de um casal bem próximo de mim. Erguendo os olhos percebi que eram pessoas mais velhas. Deviam ter já uns quinze anos. Estavam sentados frente a frente, mirando-se olhos nos olhos, enamoradamente. O olhar deles era tão doce, a fisionomia de felicidade era totalmente envolvente. Por vezes um dos dois passava as mãos pelo rosto ou pelos cabelos do parceiro. Assim ficaram por longo tempo e eu me envolvi naquela cena, quase como se fizesse parte do enredo.

Num dado momento a menina ergueu os quadris, ficando de joelhos e deixou sua túnica escorregar pelos seios e descer cintura abaixo, até a relva. Estavam tão perto que cheguei a sentir o perfume da terra, levemente levantado pelo deslocamento de ar do tecido tocando o solo.

# Sex

*Our culture never interpreted sex as something that should be restricted or hidden. This allowed us to acquire the gift of sexuality by watching our relatives, our friends and our neighbors in their revelry. As we were always laughing and playing, sex didn't much attract anyone's attention. It was just another way to laugh and play.*

*It was precisely because of the reigning freedom that nobody was obsessed with this topic. Nor was it necessary for parents to explain anything. It was enough to observe. Here and there, an older one would advise us on fine-tuning some details of etiquette.*

*I remember an experience from my puberty from the beginning of summer when, in our region, the animals mated and the youth became more exuberant. I was by the river, watching the graceful movement of the fish swimming near the shore. My attention was grabbed by the shimmering reflections of the sun's rays on the ripples. When I examined a stretch of tranquil waters, I noticed the reflection of a couple near me. I lifted my gaze, I noticed that they were older than me. They were probably already fifteen years old. They sat facing each other, looking lovingly into each other's eyes. Their gaze was so sweet; their expression of happiness was completely immersive. Occasionally, one of them would caress their partner's face or stroke their hair. They stayed there for a long time and I felt moved by the scene, almost as if I were part of it.*

*At one point the girl lifted her hips, resting on her knees and let her tunic slip below her breasts, down her waist, all the way to the grass. They were so close I could sense the fragrance of the earth produced by the light touch of the fabric on the ground.*

O jovem despiu-se da mesma forma, abraçou-a pela cintura e recostou ternamente o rosto no seu ventre com os olhos semicerrados.

Nesse momento, a menina, movendo o rosto para o lado, me viu. Olhou-me longamente nos olhos e sorriu para mim. Retribuí o sorriso. Ela tocou o rosto do rapaz e apontou na minha direção. Ele sorriu também. Acenaram para que eu me aproximasse. Cheguei mais perto e pude sentir um perfume novo para mim. Era a fragrância dos seus corpos, emanando fluidos corporais de desejo. Não me perguntaram nada, nem meu nome, nem minha idade. Simplesmente me abraçaram e acariciaram minha cabeça. Ficamos assim a tarde toda, deitando-nos às vezes, sentando-nos, brincando com as mãos, rolando na grama, fazendo caretas, dando risadas.

Num dado momento, acho que a afetividade dos dois jovens chegou a um nível que requeria outro tipo de carícias. Ela montou sobre ele, olhou-o com profundidade, inclinou-se e tocou com os seios em seu peito que começava a arfar. Tocou com seus lábios a boca do rapaz e ambos deram início à mais bela cena de amor e arte da qual posso me recordar. Os movimentos dos seus corpos eram de uma fluidez e ritmo que me fizeram recordar as ondulações das águas do rio, movimentos suaves, mas, ao mesmo tempo, poderosos. Ela emitia uns gemidinhos tão doces que ainda ecoam em minha memória e me encantam a alma.

Eu estava estirado no chão, sentindo a umidade na barriga, cotovelos apoiados na terra, sustentando o rosto com ambas as mãos, olhar mesmerizado, participando emocionalmente de tudo o que se desenrolava. Queria que aquela cena jamais terminasse. Mas ela terminou, algumas horas depois. Quando eles se recompuseram, novamente, voltaram-se para mim e me deram um beijo na face. Depois, despediram-se de mim e foram embora. A essa altura já estava entardecendo e achei que também devia ir para casa.

Lá chegando, relatei o ocorrido aos meus pais. Todos nós, crianças, já havíamos presenciado muitos joguetes de acasalamento, mas desta vez fora diferente. Eu havia participado! Meus pais escutaram com atenção e, quando terminei o relato, minha mãe tirou uma flor de seus cabelos, que havia sido posta lá pelo meu pai, e a depositou em minhas mãos. Meu pai me disse:

*The young man undressed in the same way, then hugged her waist and pressed his face tenderly into her midriff with his eyes half closed.*

*At that moment, as the girl moved her face to the side, she saw me. She looked into my eyes for a long time and smiled. I smiled back. She touched the boy's face and pointed in my direction. He smiled too. They waved me over. I got closer I noticed a perfume that was new to me. It was the fragrance of their bodies, that emanated fluids of desire. They didn't ask me anything, my name, my age. They simply hugged me and caressed my head. Throughout the afternoon we rejoiced, at times laying down, at times sitting, playing with our hands, rolling in the grass, making faces and laughing.*

*At a certain point, I think their affection reached a level that required another type of caress. She straddled him, looked at him deeply, moved towards him resting her breasts on his chest, which had started to pant. She touched her lips on his and they began the most beautiful scene of love and art that I can ever recall. Their body movements had a fluidity and rhythm that reminded me of the undulations of river waters, supple yet powerful. She moaned so sweetly that its sounds still echo in my memory and delight my soul.*

*I was stretched out on the ground. I could feel the moisture on my stomach, my elbows rested on the ground as both my hands supported my face. I gazed mesmerized, as I participated emotionally in everything that unfolded. I never wanted that moment to end. But end it did, a few hours later. When they recomposed themselves they turned to me once again. They kissed my face. Then they said goodbye and left. By then it was already getting late and I thought I should go home too.*

*As I arrived home, I share with my parents the experience. All of us, the kids, had already witnessed many intimate moments, but this time it was different. I had participated! My parents listened intently and when I finished my story, my mother took a flower from her hair, which had been placed there by my father, and laid it in my hands. My father told me:*

– Foi uma experiência muito bonita, filho. Espero que você tenha bastantes vivências como essa em sua vida. Abençoados sejam os jovens que lhe proporcionaram esse aprendizado.

Até hoje, sempre que eu me lembro daqueles momentos, ainda fico impressionado com a aura de pureza e total ausência de malícia que envolvia praticamente a todos em nossa aldeia.

> *"It was a beautiful experience, son." he continued, "I hope your life has many such experiences. Blessed be those who offered you so much learning"*

*Even today, whenever I remember those moments, I am still in awe of the aura of purity and total absence of malice that enveloped virtually everyone in our village.*

## As repreensões

Quando nós crianças, fazíamos algo que não devíamos, meus pais e todos os mais velhos costumavam abraçar-nos de uma maneira peculiar e ficavam quietinhos nos embalando.

Com isso, já sabíamos que havíamos feito algo que havia entristecido alguém. Aí, abraçávamos forte em retribuição, e isso significava que estávamos arrependidos pela nossa atitude.

Quando a tristeza passava, começávamos a arrulhar e esfregar carinhosamente o rosto sobre o cabelo, ou sobre o peito do outro, e isso significava que a mágoa havia terminado.

Essa era nossa maneira de admoestar as crianças e era também assim que os adultos manifestavam suas rusgas conjugais.

Não era costume entre nós contender verbalmente, acusar, ou esperar que o outro aceitasse sua "culpa" e se desculpasse, enfim, todas aquelas complexidades do relacionamento humano tão comuns noutras culturas.

## Reprimands

*Whenever the kids did something we shouldn't, my parents — and al the elders — would hug us in a peculiar way, quietly cocooning us.*

*This was a clear notice that we had done something that had saddened someone. So we would return the embrace strongly, signifying the regret of our actions.*

*When the sadness passed, we would softly coo and tenderly rub our face on their hair or chest, and this meant that the hurt was over.*

*That was our way of disciplining the children and it was also how the adults resolved their marital tiffs.*

*It was not customary for us to argue verbally, to accuse, or expect the other party to accept their "guilt" and apologize. We did not partake in all of these are complexities in human relationships so common to other cultures.*

## As brigas

O fato de sermos descontraídos e amorosos não significa que disputas não existissem entre nós. Havia contendas, como em qualquer comunidade. Mas eram raras.

Lembro-me de uma vez que um lenhador ficou transtornado por causa de um incidente que custara a vida da sua mulher, e dali para a frente agia como um louco, agredindo tudo e todo o mundo.

As pessoas tinham paciência com ele e simplesmente perdoavam suas atitudes por compreender que estava doente do espírito. Até que um dia ele feriu alguém e o Conselho dos Anciãos decidiu bani-lo da aldeia. Ele só poderia retornar quando fizesse algo que compensasse a comunidade pelo mal que perpetrara.

Muitos anos depois ele voltou com um pequeno rebanho de búfalos. Apresentou-se ao Conselho de Anciãos e ofertou o rebanho ao homem que havia ferido anos antes. Foi perdoado e teve consentimento para seguir vivendo entre nós. Interessante, não me lembro do seu rosto.

## Arguments

*Just because we were affectionate and easy going it did not preclude disputes among us. There were disagreements, as in any community. But they were rare.*

*I remember once a woodcutter was upset because of an incident that cost his wife's life. From then on, he behaved like a madman, attacking everything and everyone.*

*People were patient with him and forgave him simply because we understood him to be unwell. But, one day he injured someone and the Council of Elders decided to banish him from the village. He would only be allowed to return when he did something positive for our community of equal or greater value than the harm he perpetrated.*

*Many years later he returned with a small herd of buffalo. He went before the Council of Elders and offered this herb to the man he had injured years earlier. He was forgiven and had the council's consent to continue living among us. Interestingly, I don't remember his face.*

## O FILHO PERTENCE À MÃE

Quando a criança nasce, sai do corpo da mãe. Nos primeiros meses é alimentada pelo leite da mãe. Por isso, sempre aceitamos que o filho pertencesse à mulher.

O marido era seu parceiro, protetor, amante e devoto. Consequentemente, o nome herdado pelos filhos era o da mãe, e a herança das propriedades se passava de mãe para filha. A choupana pertencia a ela, pois nossa civilização não concebia que, no caso de uma separação conjugal, a mulher tivesse que ir com os filhos para o relento enquanto o homem ficasse sozinho com a casa. Quando raramente ocorria alguma separação, era comum que o ex-marido construísse sua nova casa dentro do terreno da anterior, para poder continuar dando assistência e carinho aos filhos.

Se ele estabelecesse outra ligação conjugal, a nova esposa era acolhida pela anterior como parte da família. O mesmo ocorria quando a ex-esposa se casava novamente.

## A CHILD BELONGS TO THE MOTHER

*When a child is born, the newborn comes from the mother's body. During the first months the child is fed from the mother's milk, so we always accepted the idea that a child belongs to the woman.*

*Her husband was her partner, protector, lover and devotee. Consequently, the child inherited the mother's name, and property was inherited from mother to daughter. The hut belonged to her, as our civilization could not conceive that, in the event of a marital separation, the woman would be the one to leave the home with her children while the man remained alone with the house. When the rare separation occurred, it was common for the ex-husband to build his new home in the same land as the original home, so as to continue to care for, and providing assistance to the children.*

*If he began a marital relationship, the new wife would be welcomed by the ex-wife as part of the family, and the same would happen when the ex-wife got married again.*

# Os casamentos

As pessoas casavam-se ou descasavam-se quando assim entendiam. Não havia limite de matrimônios, nem controle da comunidade sobre a vida privada dos indivíduos.

As cerimônias de casamento não eram oficiadas por nenhum sacerdote, nem por autoridade alguma. Os casais decidiam por sua livre iniciativa se queriam casar-se ou separar-se e organizavam suas celebrações com o auxílio da família e dos amigos. Toda a aldeia estava implicitamente convidada e quase todos costumavam festejar.

Os casamentos eram bem estáveis e monogâmicos. Não obstante, por vezes, ocorria de o homem ou a mulher contrair núpcias com mais de uma pessoa por vez. Era mais comum a mulher ter dois ou três maridos devido ao poder econômico estar centralizado nela. Por isso, era mais comum vermos uma jovem brincando com dois rapazes do que o contrário.

Embora os relacionamento fossem, quase sempre, monogâmicos, isso significava apenas que cada pessoa tinha a uma outra como seu ponto de referência na vida. Aproximava-se e unia-se àquele ou àquela com quem se sentia bem e à vontade, com quem tinha assuntos para conversar e ideais a compartilhar. Isso não significava que cada um ficasse aprisionado em um rol de restrições ou de cobranças. Isso acontecia, mas era a exceção. E, quando ocorria, toda a vizinhança considerava aquele casamento como anormal.

Vez por outra, algum amigo mais íntimo procurava aconselhar o casal no sentido de que o casamento consiste em cada um completar o outro, ter prazer na presença do outro e jamais ser obrigado a fazer o que não gosta ou deixar de fazer o que gosta. Geralmente, esse aconselhamento era bem recebido e surtia bons resultados.

Quando os conselhos não eram ouvidos e um dos dois cônjuges se sentia restringido na sua liberdade, em geral, o casamento acabava por se dissolver.

# Marriages

*People married or unmarried whenever they wanted. There were no limits how many times someone would marry, nor would the community control the private lives of individuals.*

*The wedding ceremonies were not officiated by any priest, or authority. It was up to the couple who decided, by their own initiative, if they wanted to get married or to unmarry and organized their celebrations with the help of family and friends. The whole village was implicitly invited and almost everyone would attend and celebrate.*

*The marriages were very stable and monogamous. Nevertheless, sometimes a man or woman would marry more than one person at a time. It was more common for women to have two or three husbands, due to their centralized economic power — and also why it was more common to see a young woman playing with two guys rather than the other way around.*

*Although our relationships were almost always monogamous, this meant that each person had their partner as a point of reference for their lives. We would connect and form a union with the person that we felt at ease, with whom we had interesting conversations and engaging ideas to share. This did not mean that each one was a prisoner to a host of restrictions and demands. While this did happen, it was the exception. And when it did happen, the neighbors would consider that couple highly unusual.*

*Every so often, a close friend would try to advise the couple that marriage is about one partner completing the other, to share a joy in each other's presence and never to be forced into what they do not like to do, or be coerced into giving up what is liked. More often than not, this advice would be welcome and the results would be positive.*

*When the advice was not heeded and one of the partners felt that their freedoms restricted, normally, the marriage would end up falling apart.*

# CIÚME?

Na nossa aldeia praticamente não havia esse sentimento. Ele ocorria mais frequentemente na infância, quando uma criança queria brincar com o objeto que pertencia a uma outra e esta, instintivamente, não deixava. Contudo, se os pais ou amigos mais velhos observavam o fato, procuravam conversar com os menores, explicando que nós sobrevivíamos melhor que os demais bichos porque compartilhávamos, enquanto que os outros animais competiam entre si.

Se, quando crianças, disputassem por um brinquedo, quando adultos poderiam ferir-se ou matar-se numa contenda e toda a aldeia seria prejudicada com isso. Então, os pequenos eram educados para repartir e para atenuar o sentimento de posse. Assim, se um estava comendo e outro menino se aproximava, automaticamente, o primeiro estendia-lhe a mão, oferecendo parte do que comia. Faziam o mesmo com os brinquedos. Dessa forma, mais tarde, quando estivessem maiores, agiriam da mesma forma desapegada com as suas relações afetivas.

Eventualmente, algum adulto manifestava ciúme da sua parceira ou do seu parceiro por qualquer motivo. Invariavelmente, todos quantos presenciavam a cena reeducavam-no imediatamente, rindo-se dele, caçoando amistosamente e dizendo-lhe que estava agindo como as crianças pequenas, ainda não educadas, que temiam que o amigo lhes tomasse o brinquedo. Às vezes, o enciumado se emburrava um pouco, mas acabava sorrindo e desculpando-se pelo papelão.

Como consequência, os ciúmes constituíam uma exceção nos relacionamentos e não eram bem vistos. Uma pessoa sistematicamente ciumenta era tida pela comunidade como mal-educada e imatura. Era como se não tivesse sido educada na infância ou amadurecido o suficiente para enfrentar a vida adulta. Tal pessoa costumava ficar solteira, pois ninguém queria se envolver com ela e submeter-se a uma existência de restrições e de tensões conjugais.

Não havendo o sentimento exagerado de posse, e reinando um incentivo para compartilhar tudo, era normal que, quando alguém sublimasse o status conjugal, ou se casasse de novo, essas circunstâncias não causassem estremecimentos nem rompimentos.

# JEALOUSY?

*In our village there was virtually no jealousy. This feeling was more common in childhood, such as when children wanted to play with something that belonged to someone else, and the friend refused to share. However, if such displays were observed, the parents — or older friends — would talk to the child and explain that we are better off than other animals because we do share, while other animals always compete with each other.*

*If the children fought over a toy, when they grew up, they could be injured, or killed, one another in a feud. The whole village would suffer. The little ones were taught to share and to moderate the sense of possessiveness. As a result, if a child was eating and another approached, a hand would automatically extend, offering part of this meal. They did the same with their toys. Therefore, when they grew up, they would have learned to behave in a similar non-possessive way in their personal relationships.*

*Eventually, an adult would manifest some jealousy towards their partner for any reason. Invariably, all those who witnessed such scene would immediately reeducate the perpetrator by laughing, amiably teasing him, and saying that he is acting like a small impolite child, who is afraid that the friend will take the toy. Sometimes, jealous people could become moody, but soon they would smile and apologize for causing a scene.*

*As a consequence, to experience jealousy in a relationship was an exception and anyone who felt jealous was very poorly regarded. Anyone who was systematically jealous would be seen by the community as a rude and immature person. It was as if there had been no education in childhood, or they had not matured enough to face adulthood. These people would usually remain single, as no one would want to be involved with them and be in the receiving end of marital tensions and restrictions.*

*The absence of an exaggerated sense of possessiveness, and a prevailing incentive to share everything, made it normal that, when the marital status was sublimated, or if a previous partner married again, these events would not cause strains or tears in any of the relationships.*

# As "infidelidades"

Na ausência do sentimento de posse ou de ciúme, tampouco poderia haver o conceito de infidelidade. Até porque, sob tal clima de liberdade e com o culto à sensorialidade que se verificava em nossa cultura, mesmo os casamentos mais estáveis e monogâmicos admitiam experiências extraconjugais como procedimentos muito naturais. Afinal, a maior parte dos mamíferos dava-nos seu exemplo.

Certa vez, eu estava brincando com as demais crianças na casa do nosso vizinho quando vimos a chegada do marido. Não havíamos percebido, mas a mulher estava com outro homem.

Ao abrir a porta, o marido surpreendeu-se por um instante. Desculpou-se pela intrusão e já ia retirar-se quando a esposa o chamou para dentro. Deu-lhe um longo abraço, depois segurou-lhe a mão com ternura e puxou-o para sentar-se, mostrando-lhe que ele não era indesejável naquele momento. Sentaram-se os três e conversaram longamente. Depois, prepararam a comida e jantaram civilizadamente. Sob minha ótica infantil, pareceu-me que a esposa passou a tratar o marido com mais carinho a partir daquela data. Quanto ao outro, nunca mais o vimos.

Ocorrências assim edificavam o caráter das crianças para que, quando fossem adultas e passassem pelas mesmas circunstâncias, pudessem agir de forma madura e educada.

O fato de não haver repressão tinha uma consequência interessante. É que as pessoas não ficavam obcecadas por experiências extraconjugais e, portanto, elas quase não existiam.

# “INFIDELITIES”

*In the absence of possessiveness or jealousy, there could be no concept of infidelity either. Moreover, given our culture’s environment of liberty and reverence to sensoriality, even the most stable and monogamous marriages naturally allowed for extramarital experiences. After all, most mammals already gave us such an example.*

*Once, I was playing with our neighbors’ children in their home, when we saw her husband arrive. We had not noticed, but the woman was with another man.*

*Upon opening the door, the husband was, for a moment, surprised. He apologized for the intrusion and was about to leave when his wife asked for him to come in. She gave him a long hug, then held his hand tenderly and pulled him to sit, this showed him that she did want him there in this moment. The three of them sat together and talked at length. Then they prepared the food and dined politely. From my perspective as a child, it seemed to me that the wife began to treat her husband with more affection from that moment on. As for the other man, we never saw him again.*

*It was events such as this that built the character of the children so that, when they grew up and lived similar experiences, they could act in a mature and polite way.*

*The lack of repression had an interesting consequence, as people were not obsessed with extra-marital experiences, they almost did not exist.*

## Os descasamentos

Nosso povo festejava os casamentos e os descasamentos. Não havia motivo para mágoas quando terminava um matrimônio. Tínhamos bem incorporada a noção de que a pessoa que compartilhou conosco a nossa casa e o nosso leito, uma vez descasada, tornava-se nossa irmã.

Se não havia mais interesse de prosseguir juntos por incompatibilidade de gênios ou qualquer outra razão, ambos procuravam compreender o outro e desfaziam os laços conjugais. Mas como isso não representaria um rompimento nem um afastamento maior, não era causa de nenhum trauma, nem tristeza, nem agressividade.

Para prestar uma satisfação aos amigos e consanguíneos, organizava-se um outro tipo de festa, cujo objetivo maior era o de abraçar longamente cada um dos desnubentes, para que ele sentisse que não estava só e que toda a comunidade estava ali para ampará-lo e para preencher seus momentos de solidão. Era comum que os amigos, de ambos os sexos, se revezassem para fazer companhia e dormir com cada um dos descasados nos meses que se seguiam à separação.

Não havendo sentimento de posse e com a possibilidade de o ex-marido continuar residindo nas proximidades da ex-mulher e filhos, as separações conjugais causavam muito pouco desgaste. O fato de o poder econômico estar centralizado na mulher também facilitava as coisas, pois não havia partilha de patrimônio. Pertenciam ao homem suas ferramentas, armas e roupas. O restante era da mulher.

Ao deixar tudo para ela, não havia risco de pobreza na velhice ou na doença porque os filhos eram muito gratos aos pais por lhes terem dado a vida. Assim, sentiam um grande orgulho em poder cuidar deles em caso de necessidade. Cuidar dos pais constituía uma grande honra e todos os filhos faziam questão de exercê-la. Isso proporcionava equilíbrio, harmonia e segurança na dinâmica familiar.

O próprio ex-marido ou ex-esposa também sentia satisfação em continuar cuidando daquela pessoa que havia sido tão importante na história da sua vida. Com isso, ninguém ficava apegado aos seus bens quando ocorria um descasamento.

# The unmarriages

*Our people celebrated marriages and unmarriages. The ending of a marriage was no reason for sorrow. We had a clear understanding that the person who shared our home, our bed, once unmarried, becomes a sibling.*

*If there was no longer any reason to remain together, due to some incompatibility or any other reason, both sides sought to understand the each other and undo the marital bond. But, as this didn't imply a disconnection, it wouldn't cause any trauma, sorrow, or aggression.*

*There would be a different type of party to inform friends and family. The objective was to hug, at length, each one of the newly unmarried, allowing them to know that they were not alone and that the whole community was there to support them, and be there for any moments of loneliness. It was common for friends of both genders to keep company and sleep together during the months that followed the separation.*

*Marital separations caused very little distress because of the absence of a sense of possessiveness and the possibility of the ex-partner residing nearby. The fact that economic power was centralized with the women also made things easier, since they didn't split their patrimony. The men owned their tools, any weapons and clothing; the remainder belonged the women.*

*The men had no fear of giving everything away. There was no risk of poverty with old age or in sickness because the children were very grateful to their parents for having given them life. Thus, they felt great duty and pride in being able to care of their parents whenever they needed. Parental care constituted a great honor and all of the children were pleased to do it. This provided stability, harmony and security to the family dynamic.*

*Each one felt a great satisfaction in continuing to take care of the previous partner, who had been so important in the history of their life. This meant that no one would ever remain attached to any belongings when getting unmarried.*

## Os recasamentos

Os recasamentos eram muito pitorescos, pois o cônjuge ou cônjuges anteriores compareciam assumidamente como parentes mais próximos e abençoavam cada nova união.

Os filhos de todos os casamentos eram irmãos de primeiro grau, com direitos iguais na hierarquia familiar, e o pai de uma criança era considerado pai de todas. Assim, em caso de separação, cada filho não perdia o pai, mas, ao contrário, ganhava mais um. Os vários pais, por sua vez, assumiam prazerosamente suas responsabilidades para com toda a criançada.

Como a mortalidade infantil era grande, como em todas as demais nações, as famílias tendiam a ser numerosas. Uma matrona de seus trinta anos de idade frequentemente já havia dado à luz uns dez a doze filhos. Desses, mais da metade viria a falecer antes de acasalar, o que ocorria por volta dos dezesseis anos de idade. No final, a população crescia um pouco. Contudo, de tempos em tempos, alguma epidemia ceifava mais uns tantos, mantendo o equilíbrio do povoado.

O costume de o ex-marido construir um casebre nas imediações da moradia de sua ex-mulher, às vezes, dentro do mesmo terreno, contribuía para que todos formassem uma grande família quando ele se casasse novamente. Isso fortalecia a geração de clãs familiares, alguns dos quais muito poderosos.

O fato de que cada descasamento não constituía uma ruptura e de que cada recasamento compreendia uma soma, um acréscimo, isso fazia com que os clãs familiares fossem se enriquecendo à medida que os anos se passavam.

# REMARRIAGES

*The remarriages were very picturesque, as the spouse or former spouses would earnestly attend the event as a next of kin and blessed each new union.*

*The children from all of the marriages were considered full siblings, with equal rights in the family hierarchy, and the father of one child was considered the father of all. Thus, in case of separation, no child "lost" their father, but instead they gained one more dad. The various fathers, in turn, gladly assumed their responsibilities to all the children.*

*As in all other nations, infant mortality rate was high, so families tended to be numerous. A matron with thirty years of age had often given birth to ten to twelve children — more than half would have died before mating, which occurred around the age of sixteen. In the end, the population grew a little. From time to time, though, some epidemic would sweep a few more, this maintained the equilibrium of the village.*

*The custom of the ex-husband building a hut nearby the ex-wife's home, sometimes within the same lot, contributed to everyone being a part of a big family when he married again. This strengthened the formation of family clans, some of which were very powerful.*

*The fact that getting unmarried would not create a rupture and that every remarriage comprised an addition, an expansion, meant that the family clans became wealthier as the years passed.*

# OS INVASORES

Eu tinha doze anos de idade, quando ocorreu um grande alvoroço na aldeia. Chegavam milhares de pessoas que se deslocavam a pé, a passo rápido. Encontravam-se maltrapilhos e não traziam quase pertences. Notava-se que estavam exaustos, contudo, uma força interior mantinha-os em marcha acelerada.

Eram refugiados da nossa etnia, provenientes do norte, relatando os horrores de uma invasão sangrenta que estava acontecendo em suas terras. Os mais velhos comentavam que havia séculos não ocorria nada assim e que os invasores estavam se aproveitando da decadência das nossas cidades-estado, causada pela seca. Após o grande terremoto que assolou nossa região, o curso dos rios mudou e alguns deles secaram, levando a fome e a devastação a várias cidades.

Os mensageiros que precederam os invasores, com o objetivo de reduzir a resistência, espalharam a notícia de que não seria uma invasão e sim uma ocupação pacífica. Conseguiram convencer muitas cidades disso, e elas se entregaram sem resistir.

Porém, quando os invasores chegaram, demonstraram sua verdadeira intenção. Tomaram as casas, expulsaram os aldeões das suas terras, estupraram suas filhas e matavam a quem reclamasse.

Os invasores eram criaturas enormes, muito brancas como cadáveres e muito feias, vestidas de peles de animais. Tinham cabelos cor de trigo ou cor de fogo, e eram desalmadamente cruéis. Baseados na descrição dos seus olhos terríveis, injetados de ódio, relatada pelos que os viram de perto e conseguiram fugir, nosso povo construiu, mais tarde, máscaras de demônios, que passamos a utilizar em danças litúrgicas na esperança de afastá-los das nossas pradarias. Começariam, assim, as noções que, mais tarde, dariam origem às religiões institucionalizadas entre nós.

## The invaders

*I was twelve years old when there was a great uproar in the village. Thousands of people came traveling on foot, moving quickly. They were ragged and barely carried any belongings. It was clear that they were exhausted, however, an inner strength kept them moving forward quickly.*

*They were refugees from our ethnic group, coming from the North, relating the horrors of a bloody invasion that was happening on their lands. The elders commented that for centuries nothing like this had happened and that the invaders were taking advantage of the city's state of decay caused by drought. After the great earthquake that struck our region, the course of rivers changed and some of them dried up, leading to hunger and devastation in several cities.*

*Messengers preceded the invaders, with the objective of reducing any resistance, spreading news that there would be no invasion, but rather a peaceful occupation. They managed to convince many cities and they surrendered without resisting. But when the invaders arrived, they revealed their true intentions. They expelled the villagers from their lands, taking their homes, raping their daughters and killing anyone who complained.*

*The invaders were enormous creatures, they were very white, like cadavers, and very ugly, they dressed in animal skins. Their hair was wheat-colored or fire-colored and they were heartlessly cruel.*

*Our people made demon masks based on the descriptions of this who saw them unclose and managed to escape, their terrible eyes, bloodshot with hatred. We used these masks in liturgical dances in the hope of warding them off our prairies. This gave rise to the notions that later would give rise to the institutional religions among our people.*

passavam e nada podia detê-los. Nossas armas nada podiam contra as deles, que eram mais pesadas e mais resistentes. Nenhum dos nossos guerreiros conseguiria sequer empunhar uma delas. Segundo os relatos, eles saíam do nada e chegavam em ondas sucessivas de vândalos, destruindo tudo, até aquilo que poderia lhes servir. Pareciam destruir pelo prazer de destruir, como se estivessem enlouquecidos. Matavam as crianças, os porcos e as cabras, cortando-os ao meio, cantando e urrando. Um intérprete, que conhecia muitas línguas, disse-nos que suas canções alardeavam algo como "conquistaremos todo o mundo..."

Já havíamos sido invadidos antes por outros povos, mas nada se assemelhava a isso. Os anteriores conquistavam para cobrar tributos ou para ocupar as terras férteis e apossar-se dos celeiros repletos de cereal. Mas estes eram diferentes. Não deixavam praticamente ninguém sobreviver para pagar os tributos e queimavam os celeiros! De que sobreviveriam eles? Alguns diziam que alimentavam-se quase que exclusivamente de carne bovina e, por isso, traziam atrás dos exércitos, grandes manadas de bois e vacas. Estes eram marcados a fogo nos chifres com os signos dos seus proprietários. Para ilustrar o que diziam, os migrantes mostravam alguns chifres que haviam conseguido capturar.

Convidados a alojar-se nas cercanias, onde poderiam arar a terra e construir suas cabanas, recusaram assustados e declararam que precisavam seguir imediatamente, mais e mais para o Sul.

– Os invasores avançam mais rápido do que podemos fugir! Só conseguimos sobreviver porque eles pararam para se reagrupar. Se vocês fossem previdentes fariam o mesmo que nós, abandonariam suas casas e fugiriam.

O Conselho dos Anciãos reuniu-se para decidir o que deveríamos fazer. Ninguém queria abandonar seus campos já semeados, suas cisternas cheias e suas choupanas aconchegantes, onde residia toda a história de cada família. Entretanto, alguns, mais precavidos, tentavam elaborar algum plano de proteção, ou de fuga, ou de confirmação de que os invasores viriam na nossa direção.

*This would be the only way to evade them, because they were ravaging everything on their path and nothing could stop them. Our weapons could do nothing against their heavier and more resistant weapons. None of our warriors could even wield one of their weapons. According to accounts, they came out of nowhere in successive waves of vandals, destroying everything; even what could be useful to them. They seemed to destroy for the joy of destruction, as if crazed. They killed children, pigs and goats, cutting them in half, singing and howling. An interpreter, who knew many languages, told us that their songs boasted about how "they will conquer the entire world ..."*

*We had already been invaded by other people before, but nothing was like that. Those who came before wanted to collect taxes or to occupy the fertile lands, take possession of the silos filled with grains. But these were different. They left practically no survivors to pay taxes and burned silos! What did they survive on? Some said that they fed almost exclusively on beef and therefore brought large herds of oxen and cows behind their army. They fire branded the horns with the sigils of their owners. The refugees showed some of the horns that they had managed to take with them, bringing their story to life.*

*We invited them to stay in our region, they could plow the land and build their huts. But they frighteningly refused, and explained that that needed to continue to flee further south immediately.*

> *“The invaders advance faster than we can escape! We only survived because they stopped to regroup. If you were prudent you would do we did: abandon your homes and flee.”*

*The Council of Elders met to decide what we should do. No one wanted to abandon their sown fields, their full cisterns and their cozy homes, where the entire history of every family resided. However, the more cautious among us tried to elaborate protection plans, escape plans and even plans to confirm that the invaders were indeed on their way to our region.*

As opiniões dividiam-se. Os ânimos exaltavam-se. Essa foi uma das raras vezes em que presenciei nosso povo com o semblante carregado e sem mostrar seu eterno sorriso. Finalmente, as decisões definiram-se. Um grupo resolveu que seria mais prudente enviar uma patrulha de batedores para certificar-se da invasão. O outro decidiu que os testemunhos dos refugiados eram eloquentes e que não ficariam esperando para depois fugir em pânico, na mais completa pobreza. Era mais sábio começar a providenciar provisões, roupas e ferramentas, bem como sementes, para recomeçar noutra região.

Nos dias que se seguiram, nem as crianças sorriam. Todos estavam muito preocupados e agitados. A tristeza nos dominava.

Dos vinte batedores que foram enviados para confirmar se devíamos ou não preparar-nos para o êxodo, passados trinta dias, retornaram dois. Até onde haviam prosseguido não viram nada, porém cruzaram com outro grupo de retirantes, ainda mais assustados, que confirmaram os mesmos relatos. Enquanto os outros dezoito batedores seguiram em frente, estes dois retornaram para transmitir notícias. A cada sete dias deveriam retornar mais dois para informar o Conselho dos Anciãos. No entanto, nunca mais retornou nenhum deles. Isso acelerou a decisão de um grande número de famílias sobre a necessidade de partir imediatamente.

Outros preferiram ficar, pois apropriar-se-iam legalmente das terras, casas, plantações e celeiros dos que partissem. Isso representaria uma tentadora oportunidade de enriquecimento imediato. Assim, muitos preferiram arriscar-se e permanecer na aldeia, cercando-a de altos e espessos muros de tijolos, bem como providenciando um grande estoque de flechas, lanças, adagas e outros apetrechos de combate.

O inconveniente, diziam os adeptos da partida, era o tempo requerido para erguer as muralhas. Somando-se aos trinta dias que o primeiro par de batedores levou para ir e voltar, os sete dias em que o segundo grupo deveria ter retornado e não o fez, calculava-se que haveria muito pouco tempo e que o inimigo poderia estar próximo.

*The opinions were divided. Everyone was on edge This was one of the rare moments I witnessed our people being gloomy and missing their eternal smile. Finally, the decisions were taken. One group decided that it would be wiser to send a group to scout the invasion. The other group decided they could not wait any longer, the refugees' accounts were too powerful and they feared waiting only to be forced to later flee in panic and without any preparations.*

*It would wiser to start setting up provisions, clothing, tools, as well as seeds, in order to start over in another region.*

*In the days that followed even the children could not smile. Everyone was very worried and agitated. Sadness overwhelmed us.*

*Thirty days after sending twenty scouts to learn if we should prepare for the exodus or not, two returned. They said that up to the point where they had turned back they had seen nothing. However, they met another group of refugees, who were even more frightened, and confirmed the original accounts. While the remaining eighteen scouts continued ahead, these two had returned with this report. Every seven days another two scouts would come back to report back to the Council of Elders. Yet none ever returned. This sped up the decision of a great number of families to flee immediately.*

*Others chose to stay, for they would legally take over the lands, houses, plantations, and barns of those who left. This would be a tempting opportunity for immediate enrichment. Thus, many chose to accept the risk and remain in the village, surrounding it with tall and thick brick walls, and gathering a large stock of arrows, spears, daggers, and other combat materials.*

*The inconvenience, according to those who decided to leave, was the time required to build the walls. It was estimated that there would be very little time left when adding the thirty days the first pair of scouts took before returning, plus the seven days they waited for the second group that never came back. The enemy could be near.*

# A PARTIDA

Minha família foi uma das centenas que optaram por partir rumo ao Sul. Dava para perceber no ar um sentimento tão denso que quase não nos deixava respirar. Conseguimos um robusto carro de bois e quatro búfalos para tracioná-lo. Na verdade, bastaria um animal, mas os retirantes advertiram sobre a longa jornada por terrenos pedregosos, alagados ou íngremes, nos quais seria preciso um reforço. E ainda havia a possibilidade de perdermos um ou mais búfalos. Pensando na família, meu pai providenciara um macho e três fêmeas que poderiam dar-nos leite se faltasse alimento, e ainda poderiam nos dar crias.

No carro havia de tudo. Muitos grãos que nos serviriam de alimento e também para o plantio, quando chegássemos ao nosso destino. A água não faltava nessa época do ano. Mesmo assim, levávamos uma grande quantidade, disposta em vários recipientes, pois não sabíamos como seriam as regiões pelas quais teríamos que passar. Providenciamos também cabras e aves que nos forneceriam leite e ovos, além de couro e ossos para a confecção de instrumentos e utensílios. Reunimos o maior número possível de ferramentas e objetos de cobre, metal que poderia ser reutilizado ou negociado. Não possuíamos muitas armas em nossa aldeia, mas conseguimos levar conosco algumas lanças, machados e facas. Também levávamos tecidos e peles. Cada família providenciara mais ou menos as mesmas coisas.

Na data marcada para a partida do grupo que decidira migrar, toda a aldeia se reuniu para a grande despedida. Amigos e parentes se abraçavam e desejavam boa sorte, tanto aos que partiam rumo ao desconhecido, quanto aos que ficavam na esperança de que os invasores não chegassem até aquela região. No entanto, todos sabiam que, provavelmente, nunca mais voltariam a se ver.

Jamais esquecerei a visão impressionante que era a enorme caravana com todos os tipos de carroças, animais e gente partindo em silêncio. Só ouvíamos os lamentos das rodas girando em seus eixos engraxados, o choro das crianças e os chamamentos dos animais. Os adultos não diziam nem uma palavra.

# The exodus

*My family was one of the hundreds that decided to depart for the South. You could feel in the air such a heavy atmosphere that it was hard to breath. We acquired a tough oxcart and four buffaloes to pull it. One animal would be enough but the refugees warned us about a long journey through rocky terrains, swamps and hills, where more support may be needed. There was even a risk of losing one or more buffalo along the journey. My father arranged for a male and three females, our family would be taken care of: if we were low on food we could have milk, and later they could have calves.*

*Our cart had a bit of everything. We carried lots of grains to serve as food along the journey and for when we arrive to our destination, starting a harvest. Although water was plentiful during this time of year, we carried a lot more, held in several containers, as we had no idea what we would find in the regions we would be traveling through. We also brought goats and birds to provide us milk and eggs, as well as leather and bones for making tools and utensils. We gathered the largest possible number of tools and objects made of copper, a metal that we could reuse or trade. We didn't have many weapons in our village, but we took some spears, axes and knives. We also carried cloth and furs. Each family had arranged more or less the same things for the journey.*

*On the set date for our departure the entire village gathered for a big farewell Friends and relatives hugged and wished each other good luck, for those departing into the unknown, and those who would stay hoping the invaders would avoid this region. Nonetheless, everyone knew that this was the last time we would see each other again.*

*I will never forget the amazing sight of a huge caravan with all types of wagons, animals and people leaving in silence. We only heard the wheels moaning in their greased axles, the crying of children and the calling of the animals. The adults did not say a single word.*

# A GRANDE JORNADA

As primeiras semanas de viagem foram tranquilas, graças aos mantimentos que levávamos e por estarmos todos ainda descansados. No entanto, à medida que o tempo passava e os animais se fatigavam, nós absorvíamos seu sofrimento. Sempre tivemos muita identificação com nossos animais e os tratávamos quase como pessoas da família. Não queríamos vê-los tristes ou maltratados. Então, começamos a reduzir nossa marcha e descansar mais em cada acampamento. Estávamos cientes da nossa boa dianteira e não havia motivo de apuro.

Assim, lavávamos e acariciávamos nossos búfalos, dávamos a eles a melhor ração e deixávamos que descansassem o máximo possível. Graças a isso, nenhum dos nossos animais morreu. Algumas famílias que não tratavam tão bem seus animais não foram tão felizes e contaram algumas perdas.

A marcha tornou-se mais lenta à medida que os artesãos precisavam reparar os carros que iam se desgastando pela viagem em terreno acidentado.

Chegamos a uma região que não era exatamente desértica, mas era extremamente quente durante o dia. Por esse motivo, trocamos nosso turno de marcha e passamos a realizar o trajeto durante a noite. De dia acampávamos no lugar mais fresco ou arborizado que conseguíssemos encontrar. Quando isso não era possível, armávamos duas ou três tendas sobrepostas para atenuar a inclemência dos raios solares.

Seu calor nunca havia nos incomodado antes, mas isso se devia, em parte, ao fato de que em nossa aldeia estávamos descontraídos e podíamos trabalhar alegremente ou deitar-nos à sombra para observar os insetos ou, ainda, banhar-nos nos riachos. Aqui, estávamos com outra disposição emocional. Encontrávamo-nos longe de casa, havia a expectativa sobre o que iria ocorrer em territórios desconhecidos. Toda essa insegurança gerava ansiedade e as mínimas coisas causavam-nos desgaste e mal-estar.

# The great journey

*The first weeks of travel were trouble-free thanks to the supplies we brought with us and we were still rested. However, as time passed and the animals became fatigued, we absorbed their suffering. We always had great affinity with our animals, we treated them as if they were family members. We did not want to see them sad or mistreated. So, we started to slow down our pace and rest longer when camping. We were aware we had a good lead and there was no reason to rush.*

*We washed and caressed our buffalo, we gave them the best animal feed and let them rest as much as possible. None of our animals died because of the care we gave them. Some families that did not treat their animals as well were less fortunate and had losses.*

*The march slowed further as the craftspeople needed to repair the carts that wore down over the rough terrain.*

*We arrived at a region that was extremely hot during the day, although it was not exactly a desert. This led us to to change our shift and continued the journey during the night. By day we would camp in the coolest and most wooded places we could find. When that was not possible, we would set up two or three tents on posts to mitigate the unrelenting sunrays.*

*The sun's heat had never bothered us before, this was partly due to the fact that in our village we were carefree, we could work joyfully or rest under the shade to watch the insects or even bathe in the streams. Here we had a gloomier emotional disposition. We were far from home, we were concerned about what would happen in the unknown territories ahead of us. All this insecurity generated anxiety and the smallest things generated discomfort and distress.*

Não obstante, os mais velhos procuravam manter a melhor disposição possível e realizavam mais jogos agora do que antes, estimulando o moral de todos. Também nos ensinavam truques de sobrevivência que nunca haviam sido tão enfatizados. E treinavam os rapazes para um eventual combate. Como não alimentávamos nenhuma esperança de vencer o confronto, nossa estratégia se baseava em confundir e retardar o inimigo, dando tempo às mulheres e crianças de empreender a fuga. Esta, dependia do terreno em que estivéssemos. Estudamos uma tática para terreno montanhoso, outra para floresta, outra para locais descampados, outra para riachos etc.

Eu acreditava que nenhuma delas funcionaria, pois não éramos guerreiros e faltava-nos a indispensável experiência, mas isso era o melhor que podíamos fazer.

Felizmente, parece que os invasores não seguiram na nossa direção, já que, meses depois, não tínhamos nenhuma notícia a respeito. Esse fato gerou dúvida no coração de diversas famílias sobre se havia sido uma escolha acertada abandonar tudo e migrar. Havia até quem, torturado pela saudade, pensasse em empreender a volta ao lar. Após uma reunião dos Anciãos que haviam acompanhado a caravana, decidiu-se encarregar um grupo de jovens voluntários da missão de voltar, saber o que se passara e retornar à caravana para informar-nos.

Enquanto isso, os demais seguiriam mais lentamente, na direção sudeste. Tomaram várias providências para que as possibilidades de um desencontro fossem mínimas e os batedores seguiram viagem.

Os meses passaram-se e o grupo de jovens não retornou. Na ausência de notícias auspiciosas, decidiu-se continuar seguindo em frente.

*Nevertheless, the older people tried to maintain spirits as high as possible. They organized more games than before, lifting everyone's morale. They also taught us survival tips that they had never highlighted before. And, they trained the boys for an eventual combat. As we harbored no hope of success in this confrontation, our strategy was to confuse and slow down the enemy, earning valuable time for the women and children to flee. The strategy would change depending on the topography. We studied a tactic for mountainous terrain, another for the forest, another for wilderness, another for streams, etc.*

*I did not believe that any of them would work as we were not warriors and we lacked the indispensable experience, but that was the best we could do.*

*Fortunately, it seemed that the invaders had not come our way as it had been months without any news about them. This bred doubt in the hearts of several families questioning if they had made a wise choice by abandoning everything and migrating. There were even those who, tortured by their homesickness, entertained the thought of making the journey back home. After a meeting of the Elders who had accompanied the caravan, it was decided to send a group of young volunteers to return, learn what had happened and come back to the caravan to inform us.*

*Meanwhile, the others would continue at a slower pace towards the southeast. We took all the precautions to avoid missing each other and the scouts set off on their journey.*

*The months passed without the scout's return. In the absence of auspicious news, we decided to keep moving forward.*

# Outros povoados

Meses depois, começamos a encontrar as ossadas dos retirantes que passaram pela nossa aldeia e que empreenderam a viagem em pânico, sem víveres ou ferramentas. Era uma experiência aterradora testemunhar aquilo que poderia ser o prenúncio do nosso fim.

Para precaver-nos contra tão inglório desfecho, durante nosso deslocamento desenvolvemos a arte do comércio, por meio de trocas, comprando numa região e vendendo noutra as mercadorias que, segundo nos informavam previamente, eram as mais procuradas nas regiões que estavam na nossa rota. Dessa forma, conseguimos manter uma boa alimentação e preservar nossa saúde. E, além disso, éramos sempre bem recebidos onde chegávamos, levando o que mais necessitavam.

À medida que prosseguíamos em nossa aventura, passamos por diversos vilarejos parecidos com o nosso, alguns maiores, outros menores. Algumas vezes, tratava-se de grandes cidades, com sólidas construções, largas avenidas e saneamento como jamais havíamos visto.

Em todos os lugares por onde passávamos, descrevíamos o que os refugiados haviam nos relatado. Os habitantes dos povoados menores eram mais receptivos e levavam em conta nossas advertências. Por outro lado, os das grandes cidades pareciam muito seguros de suas muralhas e do grande número de homens disponíveis para defender suas propriedades e nelas ninguém quis dar-nos ouvidos.

# THE OTHER PEOPLES

*Months later, we began finding the bones of the refugees who passed through our village and had embarked on their journey in haste, without food or tools. It was a terrifying experience to witness what might be the premonition of our end.*

*In order to ensure we would not have such an inglorious end, through our journey we developed the art of commerce based on trades. We would buy in a region and, based on the information we had sold the goods most sought after in other regions along our route. This allowed us to maintain a good diet and preserve our health. Moreover, we were always welcomed wherever we arrived for we had the goods most needed there.*

*As we continued on our adventure, we passed several villages similar to ours, some larger, some smaller. Sometimes there were big cities, with solid constructions, wide avenues, and sanitation, the likes we had never seen before.*

*Everywhere we went, we shared the tales that the refugees had told us. The inhabitants of the smaller villages were more receptive and heeded our warnings. On the other hand, those in the big cities seemed very secure in their walls and in their large numbers of men available to defend their estates. In these large cities none cared to listen to us.*

## Chegamos ao fim do mundo

Depois de viajar vários meses, chegamos ao fim do mundo! A terra acabava de repente, à beira de um rochedo, e, lá embaixo, diante de nós surgira uma imensidão de água muito azul que parecia estar querendo subir pela areia, mas sempre retrocedia. A areia, por sua vez, desenhava uma longa curva e perdia-se no horizonte. Nos limites da areia, uma cabeleira de plantas rasteiras forrava o chão macio. Uma legião de estranhas árvores de tronco comprido e nu, com umas poucas folhas enormes e largas, e uns frutos redondos cheios de uma água deliciosa, parecia montar guarda, às margens daquela imensidão azul.

Era uma paisagem lindíssima, como nunca havíamos vislumbrado. Num misto de assombro e deslumbramento, não tivemos espaço para o medo em nossas mentes. Alguns mais corajosos destacaram-se da multidão estupefata e adiantaram-se e desceram para ver de perto aquelas águas, diferentes em tudo das dos rios que conhecíamos. Num movimento inesperado, uma onda derrubou o mais afoito. Levantando-se, todo molhado, com olhar perplexo e a mão nos lábios ele balbuciava:

– É salgada! É salgada!

Todos os demais quiseram experimentar e caíram n'água. Depois de muita comemoração por termos chegado ao fim do mundo, concluímos que teríamos que ficar por ali mesmo...

## WE ARRIVED AT THE END OF THE WORLD

*After traveling for several months we reached the end of the world! The land suddenly ended on the edge of a cliff, and there, below us, was a vastness of really blue water that seemed to be trying to climb up the sand, but it always receded. The sand, in turn, formed a long curve that got lost to the horizon. At the edge of the sand there was a wad of low creeping plants lining the soft ground. A legion of strange, long, baren trees sporting a few large, broad leaves, and round fruits filled with a delicious water, seemed to stand guard on the shores of that blue immensity.*

*This was a beautiful landscape, the likes of which we had never seen. Our minds filled with a mixture of amazement and wonder, had no room for fear. Some of our bravest stood out from the astonished crowd and went forward to see more closely those waters that were different from all the rivers we knew. Suddenly with an unexpected movement, a wave toppled one of the more eager ones. As he started to stand, wet from head to toes, a puzzled look in his eyes and hand on his lips, he exclaimed:*

*"It's salty! It's salty!"*

*Everyone wanted to experience it and jumped in the water. After much celebrating for having reached the end of the world, we concluded that we would have to stay here...*

Era uma região quase desabitada e que parecia o paraíso. Muito mais bonita que a nossa, riquíssima em rios e cachoeiras, uma profusão de flores e vegetação como jamais havíamos visto. A terra era extraordinariamente fértil e, embora estivéssemos no inverno, não fazia frio!

Pela primeira vez na longa jornada não houve hesitação. Todos decidiram que esse era o lugar ideal para terminar nossa migração. Além do mais, já estávamos todos extenuados com o deslocamento constante. Várias crianças haviam nascido nesse meio tempo, o que tornava mais difícil a viagem para todo o grupo. Não suportando as agruras da viagem, muitos idosos haviam falecido antes de passar o conhecimento para os mais novos, e isso estava pondo em risco nossas tradições pela perda do acervo cultural. Inúmeros recursos estavam começando a faltar. Assim, a decisão de fixarmo-nos ali era unânime.

Alguns parcos habitantes da região ajudaram-nos a explorar os recursos locais e isso foi de grande valia no nosso assentamento. Em pouco tempo, nossa nova aldeia já era tão bem urbanizada e sua população tão alegre quanto antes.

Meu pai não suportara aos rigores da viagem e acabou morrendo pouco depois que escolhemos o local para construir a nossa casa. Acho que resistiu apenas até que chegássemos a um lugar seguro para, só então, permitir-se deixar-nos.

*It was an almost uninhabited region that seemed like a paradise. It was much prettier than our home was. It was packed with rivers and waterfalls, a profusion of flowers and vegetation the likes of which we had never ever seen. The land was extraordinarily fertile, and although it was winter, it was not cold!*

*For the first time on the long journey there was no hesitation. Everyone decided that this was the ideal place to end our migration. Besides, we were all exhausted by the constant travel. Several children had been born during the journey making it harder for the whole group to travel. Many of the older among us were unable to endure the hardships of travel and passed before they could share their knowledge to the younger generations, this loss of cultural heritage threatened our traditions. Many of our resources were becoming scarce. So the decision to settle there was unanimous.*

*Some of the few inhabitants of the region helped us to explore the local resources and this was go great value for our settlement. In a short time our village was already as urbanized, and the population as cheerful, as before.*

*My father could not manage the rigors of the trip and died shortly after we chose the place to build our new home. I think that he endured long enough for us to find a safe place, it was only then that he allowed himself to leave us.*

## CHEGOU A HORA DE CONSTITUIR FAMÍLIA

Assim, amadureci na nova terra. Já estava com uns dezessete anos, idade de pensar em constituir família. Como era nosso costume, a mulher é que escolhia o marido e, assim, um dia, fui escolhido. Estava carregando um feixe de lenha que fora buscar na floresta próxima da aldeia, quando cruzei com uma jovem de olhos faiscantes, de uns dezesseis anos aproximadamente. Ao passar por mim ela sorriu. Cumprimentei-a. Então, ela parou e me ofereceu uma fruta. No mesmo instante comecei a escutar os pássaros chilreando nos ramos das árvores que nos rodeavam, a clareira se encheu de borboletas que voavam à nossa volta e o ar tornou-se perfumado pelas flores multicoloridas que eu não havia notado até então. Na verdade, tudo isso já estava ali o tempo todo, mas o estímulo da libido proporcionou ao meu corpo mais reflexos e percepções sensoriais, os quais tornaram o mundo mais bonito. Quando dei por mim, já tínhamos nos sentado na relva e estávamos a conversar por muito tempo.

Por conversar, entenda-se a forma de comunicação do nosso povo. Não se tratava de contato meramente verbal. Havia toda uma riqueza de meios para desfrutar da nossa proximidade. Sorrisos, sons guturais, gestos, trejeitos, olhares, toques e sentimentos, formavam um delicioso amálgama de sensações. Apesar de ambos já sermos adultos e termos tido nossas vivências amorosas, como era de praxe, esta experiência estava sendo arrebatadora, diferente de tudo o que havíamos provado antes. Não chegamos a desencadear nenhum contato físico propriamente dito, mas o simples roçar dos nossos ombros, aspirar a fragrância dos nossos cabelos, ouvir a melodia das nossas vozes, constituía já um estado de graça que justificava a existência!

Naquele dia, voltamos para a aldeia de mãos dadas. Nossos olhares eram tão reveladores que, todos perceberam, não se tratava dos tão comuns folguedos sensoriais da juventude. Nossos amigos notaram que éramos especiais um para o outro.

# It is time to start a family

*I matured in the new land. I was already about seventeen years old, it is the time to think about starting a family. Our custom is that the woman choses her husband and, one day, I was chosen. I was carrying a bundle of wood that I had been collecting in the woods near our village, when I came across a girl with sparkling eyes, she was about sixteen years old. As she passed by me she smiled. I greeted her. Then she stopped and offered me a fruit. Instantly I began to hear the birds chirping in the branches of the trees surrounding us, the clearing filled with butterflies flying around us and the air was infused with the fragrances of the multi colored flowers that I had failed to noticed until now. In fact, it all had been there all the time. It was the stimulus to the libido that granted my body and mind more reflexes and increased sensory perceptions making the world much more beautiful. When I came to it, we had already been sitting on the grass and talking for some time.*

*What is referred to as talking is really the form of communication of our people. It is not merely a verbal exchange. There is a plethora of ways to enjoy being near each other. Smiles, sounds, gestures, mannerisms, looks, touches and feelings, combined to produce a delicious amalgam of sensations. Although we were both already adults and had intimate experiences, as was customary, this experience was captivating, it was unlike anything we had experienced before. We didn't have any actual intimate contact as such, we merely brushed shoulders, we inhaled the fragrance of our hair, we listened to the melody of our voices, and all this led to a state of grace that was enough to justify our existence!*

*That day we returned to our village holding hands. The look in our eyes was so revealing that everyone noticed that this was not one of those sensorial flares so common to the youth. Our friends noticed that we were special to each other.*

Nos dias e meses que se sucederam ao primeiro encontro, nossa convivência foi tomando corpo. Nossos ideais eram coincidentes, nossos planos para o futuro não careciam de ajustes e nossos diálogos sem fim eram divertidos e motivantes. Tínhamos um indescritível prazer em simplesmente escutar a voz do outro e compartilhávamos as formas de organizar os pensamentos, ao mesmo tempo inteligentes, espirituosos e sensíveis.

As estações se passavam, a primavera se aproximava e estava chegando o momento de assumir uma família.

Agora era preciso provar que eu poderia ser de alguma utilidade. Caso contrário, ela poderia mudar de ideia. E se isso ocorresse, seria muito difícil que outra jovem se interessasse por aquele que foi considerado um inútil. Para tanto, havia toda uma série de cerimônias, sempre descontraídas e informais, mas que respeitavam a tradição.

Um dos primeiros ritos era trançar uma corda na casa da noiva. Seus pais supervisionavam o trabalho para constatar que o pretendido sabia fazer esse utensílio dos mais importantes. Depois, utilizando a corda, madeira e palha, era preciso construir a casa em que iríamos morar.

Escolhi uma localização que dava vista para o mar e na proximidade de um riacho de águas cristalinas. A mãe da noiva diariamente determinava as coordenadas de como queria a choupana. O casamento só se concretizava depois que a casa ficasse como a sogra queria. Também não havia pressa, pois como a sexualidade era uma bênção e não um pecado, o casal já mantinha relações amorosas desde que a jovem se interessara pelo rapaz. Dessa forma, segui os costumes.

*In the coming days and months since our first meeting our relationship began to blossom. Our ideals coincided, our plans for the future needed not adjustments, our conversations were endless, motivating and fun. We shared an indescribable pleasure to simply hear each other's voice and we shared the how we organized our thoughts, which were intelligent, fulfilling and sensitive at the same time.*

*The seasons came and went and as spring was upon us it was the right time to being a family.*

*Now it was time for me to prove that I could be of some use. Otherwise, she might change her mind. And if that happened, it would be very difficult for another young woman to be interested in someone who was considered useless. There were a whole series of ceremonies, always informal and easygoing, that respect our tradition.*

*One of the first rites was to braid a rope in the bride's house. Her parents supervised the work to ensure that hopeful suitor knows how to weave this most important utensil. The using the rope, wood and straw, it was time to build the house the couple would live.*

*I chose a location that had sea views and was close to a crystal-clear water stream. Every day the bride's mother coordinated the details of how she wanted the hut. The marriage could only be completed after the house was as the mother-in-law determined. There was no hurry either, as sexuality was considered a blessing and not a sin, the couple had already begun to have intimate relationships from the moment the woman showed an interest and desire for the man. Therefore, I followed out custom.*

# Minha mulher

Fui aquinhoado com a mais doce das jovens. Seu olhar era profundo e tranquilo como a lagoa em que íamos banhar-nos; sua voz, suave como o sussurrar da brisa entre as palmeiras; e a movimentação do seu corpo lembrava a leveza da borboleta flutuando no meio das flores. Seus lábios tinham a doçura do mel e seu hálito exalava o perfume das ervas do campo. Como é natural, nunca precisamos discutir e muito menos disputar. Assim, o desejo foi sempre crescente entre nós.

Apesar de muito jovem, minha futura esposa mostrava-se amadurecida e apta a desempenhar a função social e familiar que se esperava dela. Embora não manifestasse muitas aptidões domésticas, possuía uma inteligência admirável – o que, obviamente, contava muito mais – além de um pendor inquestionável para as artes, e envolveu nossa vida em poesia.

Em pouco tempo, realizamos a cerimônia que nos enlaçava e passamos a morar no chalé que havíamos construído, bem perto de uma pequena cachoeira, cuja cantiga à noite embalava nosso sono e pela manhã nos despertava com um brado de esperança, de vida e de alegria.

Dessa forma, em pouco tempo eu já estava engajado numa vida conjugal, assumindo as obrigações que aprendera com meus pais.

Com o passar do tempo, descobri porque certos casamentos estagnam e deterioram o casal, enquanto outros, como o nosso, contribuíam para enriquecer. Um sorriso na hora certa, uma atitude de paciência quando é preciso, um conselho, um apoio, um olhar de admiração, uma palavra de incentivo, e cada qual estimula o outro a que realize, crie, trabalhe, aja, economize, invista, arrume, limpe, conserte... enfim, para que os parceiros progridam quando há uma química adequada na fusão dos dois seres em uma só alma.

# My woman

*I was bestowed with the sweetest of young women. Her gaze was as deep and calm as the pond we bathed; her voice, as soft as the whisper of the breeze among the palm trees; and, the movement of her body reminded me of the lightness of a butterfly floating in the midst of flowers. Her lips had the sweetness of honey and her breath exuded the scents of the herbs on the fields. Naturally, there was never any need to argue or dispute anything. Our desire for each other continually grew.*

*Although my future wife was still young, she was mature enough to perform the social and family functions expected of her. Although she did not display many domestic aptitudes, she had an admirable intelligence – which, of course, was much more valuable – as well as flair for the arts, she filled our lives in poetry.*

*After a short while we held our wedding ceremony and moved into the cottage we had built very near a waterfall – its sound propelled our sleep at night and woke us up in the mornings with a song of hope, life and joy.*

*In no time I was engaged in the married life holding the responsibilities I had learned from my parents.*

*As time passed I learned why certain marriages stagnate and lead to deterioration, while others, like ours, contributed to a richer life. A smile at the right moment, patience when necessary, advice, support, an admiring look, an encouraging word, each partner stimulating the other accomplish their objectives, to create, to work, to act, to save and invest, to tidy up, to clean, to repair... everything necessary for true partners to progress together when there is the adequate chemistry in the fusion of two beings into one soul.*

Graças a esse perfeito entrosamento e ao nosso temperamento alegre, comunicativo e sociável, em pouco tempo fizemos muitos amigos que contribuíram para a estabilidade do matrimônio e tornamo-nos um dos casais mais prósperos da aldeia. Havíamos plantado uma grande variedade de vegetais comestíveis que utilizávamos para efetuar trocas com os vizinhos.

Mediante essas trocas, havíamos adquirido alguns filhotes de cabras e búfalas. Agora esses animais já estavam adultos, haviam cruzado e dado muitas crias. Com isso, precisávamos de mais terreno para manter nossos animais. Então, negociamos alguns em troca de um belo lote de terra por onde passava o riacho que alimentava nossa cachoeira. Assim, podíamos garantir também a pureza da sua água. Realizamos todas essas aquisições em muito pouco tempo, antes que nascesse o nosso primeiro filho.

*It was due to our perfect consonance and our cheerful, communicative and sociable disposition, that we were able to make many friends who contributed to the stability of our marriage and helped us to become one of the most prosperous couples in the village. We had planted a wide variety of edible vegetables that we used in trades with our neighbors.*

*As part of these trades we acquired some baby goats and baby buffalos, now they were grown, they had breed and have many calves and kids. This meant that we needed more land to maintain our animals. So we negotiated a few of our animals in exchange for a beautiful plot of land that had a stream that fed our waterfall flowing through it. This allowed us to ensure the purity of the water. We were able to make all of these acquisitions in a very short period of time, before our first child was born.*

## NASCE O PRIMEIRO REBENTO

Entre o nosso povo os partos eram fáceis, talvez porque as mulheres fizessem muito exercício trabalhando no campo, talvez por ser muito jovens ao dar à luz, talvez por termos uma alimentação bem saudável, talvez por lidarmos tão bem com a sexualidade. Talvez fosse um paradigma da nossa cultura, pois víamos como os animais faziam e era fácil para eles, logo, deveria sê-lo para nós também.

Sabíamos que entre outras tribos muitas mulheres morriam para trazer os filhos ao mundo, mas entre nós isso não ocorria.

Durante o trabalho de parto, os familiares, amigos, vizinhos, todos ficavam por perto festejando e auxiliando com palavras de estímulo e de carinho. Alguns traziam água para beber, outros, mais íntimos, massageavam com cuidado a barriga, a região pélvica, o cóccix. Contavam histórias engraçadas e a parturiente ria. Todos riam.

A crença geral era a de que, se a criança pusesse a cabeça de fora e visse todo o mundo feliz e sorrindo, perceberia que o mundo é um lugar bom para se viver e reagiria mais facilmente com sorrisos do que com choros, se as coisas não corressem como ela queria.

Assim, nasceu nosso primogênito, e a cada ano mais um descendente. Era comum termos muitas crianças, já que também era fácil morrer e todos precisávamos dos filhos para nos sustentar na velhice e na doença.

# THE FIRST CHILD IS BORN

*Childbirths were easy for our people, perhaps it was because the women did a lot of physical exercise working in the field, perhaps because they were very young when giving birth, perhaps because we had a healthy diet, perhaps  it was because we dealt with sexuality lightheartedly. Maybe it was a paradigm of our culture, we could observe how easy it was for all animals, therefore, it should also be easy for us.*

*We knew that many women died in childbirth in other tribes, but amongst us, this did not happen.*

*The entire process of labor was an event that brought together family members, friends and neighbors. everyone came together to celebrated and share words of encouragement and affection. Some of them brought drinking water, others, who more intimate, carefully massaged the abdomen, the pelvic region, and the coccyx. Everyone told funny stories and the mother-to-be laughed. Everyone laughed.*

*The general belief was that, when the child's head came out and saw the whole world happy and smiling, they would understand that the world is a good place to live and, when things did not go as they wished, they would easily respond with smiles instead of crying.*

*So came our first child, and each year another descendant followed. It was common for us to have many children, as it was also easy to die, and we all needed our children to support us in sickness and old age.*

# O Velho Sábio

Certa manhã, fui tirar leite da nossa búfala que pastava solta perto das margens do rio. Caminhando pelo campo com os pés descalços na relva molhada pelo orvalho da noite anterior, tão absorvido estava que passei pelo animal e segui em frente. Pouco adiante, encontrei um velho sábio sentado, olhando para as águas que seguiam, sempre iguais, montanha abaixo. Cumprimentei-o e perguntei o que estava observando. O ancião me disse que estava observando seus pensamentos. Sentei-me ao seu lado e, como uma criança, sem nada questionar, comecei a fazer o mesmo. Passaram-se várias horas e lá estávamos os dois, lado a lado, sem dizer palavra, porém entendendo-nos perfeitamente bem.

Até que, em dado momento, o ancião virou-se para mim e começou a falar.

– O que você observou?

– Meus pensamentos.

– Gostou?

– Sim.

– De que natureza eram?

– De todos os tipos. Pensei nas águas, obedientes, que seguem fazendo as ondas no mesmo lugar, apesar de serem sempre outras. Depois, pensei na nossa vida, que também é assim. Somos sempre outras e outras pessoas a nascer, crescer, trabalhar, casar... mas seguimos fazendo as mesmas coisas, sem que ninguém nos obrigue a isso. Daí, pensei nas nossas ovelhas, cabras e vacas, que também seguem fazendo as mesmas coisas desde que nascem até que morrem. E seus descendentes, continuam fazendo as mesmas coisas. Qual o sentido disso tudo?

– Você se fez essa pergunta?

– Fiz.

– E qual foi a resposta?

# The Old Sage

*One morning, I went to get milk from our buffalo that was freely grazing by the banks of the river. I was so absorbed as I walked across the field, barefoot on the grass, moist from the previous night's dew, that I walked right pass the animal and continued further. A little further I encountered an old wise sage sitting watching the water flowing, as it always does, down the mountain. I greeted him and asked what he was watching. The elder told me that he was observing his thoughts. I sat down beside him and unquestioningly, just as a child would, I began to do the same. Several hours went by and there we were, side by side, not saying a word, yet understanding each other perfectly.*

*At a certain moment the elder turned to me and began to speak:*

*"What did you notice?"*

*"My thoughts."*

*"Did you like them?"*

*"Yes."*

*"What was their nature?"*

*"All types. I thought of the waters that obediently continue making waves in the very same place, although the water itself is always different. Then I thought about our lives, which are just the same. More and more people born, grow up, work, get married... but we keep doing the same things, without anyone forcing us. Then, I thought of our sheep, goats and cows, that also continue to do the same things from birth to their death. Their descendants continue to do the same things. What's the meaning of all this?", I observed.*

*"Did you ask yourself that question?"*

*"I did."*

*"And what was the answer?"*

– Não obtive a resposta, pois meu pensamento seguiu os pássaros e mudou continuamente. Mas gostei da experiência.

– Então, volte amanhã e vamos contemplar o rio juntos outra vez.

Assim o fiz. Durante muito tempo retornei e sentei-me ao lado do ancião. Era uma relação de amor. Desde a primeira vez que o vi, senti um carinho arrebatador por aquele Mestre. Olhava-o com admiração gratuita, pois ainda não o conhecia suficientemente bem. Não sabia o universo de sapiência que ele tinha para me transmitir. Era, simplesmente, amor desinteressado, à primeira vista.

Quase sempre ficávamos calados por muito tempo. Geralmente, no final ele me fazia algumas perguntas. Depois de uns quantos meses notei que suas perguntas eram o que me permitia tomar consciência de quão profundamente havia ido na viagem interior.

*"I didn't get the answer for my thoughts followed the birds and continuously changed. But I enjoyed the experience."*

*"So, come back tomorrow and we'll contemplate the river together again.", he concluded.*

*And so, I did. For a long time, I returned and sat down beside the sage. I felt love. From the first time I saw him, I felt a rapturous affection for that Master. I felt deep gratuitous admiration, for I did not know him well enough yet. I did not know the universe of wisdom he was yet to convey to me. It was simply a disinterested love at first sight.*

*Almost always we would sit quiet for a long time. Usually, at the end of each sitting he would ask me a few questions. After a few months I noticed that his questions were indeed what allowed me to become aware of how deeply I had journeyed inwards.*

## Os Mestres também ficam doentes

Um dia o ancião não apareceu para contemplar o rio. Fui até a sua morada, que ficava nas imediações. Ele vivia em uma tenda e, pelo que observei, possuía muito poucos objetos. Encontrava-se deitado em uma rede de fibras vegetais e percebi que ele estava enfermo. Perguntei-lhe se não tinha ninguém para cuidar dele, se não tinha mulher ou filhos. Respondeu-me com uma voz sumida que nunca teve tempo para dedicar à vida familiar, pois cada instante da sua existência fora dedicada a aprender com seu Mestre a filosofia do autoconhecimento, que proporcionava também saúde e longa vida.

– Mas você ficou doente!

– Sim, todos os animais ficam doentes e morrem um dia – resmungou – mas sem as práticas da minha ciência eu teria ficado doente com mais frequência e já teria morrido na idade em que morrem os demais. No entanto, ainda que minha disciplina não tivesse me proporcionado estes anos adicionais de vida, mesmo assim teria valido a pena pela lucidez que me trouxe. Nada tem mais valor do que o conhecimento – disse-me o velho.

Naquele dia não atendi minhas obrigações familiares e fiquei para cuidar do sábio. Sob suas instruções, colhi determinadas ervas que foram utilizadas de diferentes maneiras. Algumas, ele mascava. Outras, mandava que eu macerasse para aplicar sobre o peito. E outras, deixava de molho, para que seu princípio ativo fosse absorvido pela água, a qual depois seria ingerida.

Cuidar do velho sábio foi um inestimável aprendizado de ervas medicinais, como reconhecê-las, saber para que serviam e como utilizá-las.

Assim, passou-se o tempo sem que eu percebesse, tão absorto estava nos meus afazeres. Quando me apercebi, já estava caindo o crepúsculo.

## THE MASTERS ALSO GET SICK

*One day the old man didn't come to contemplate at the river. I went to his home, which was nearby. He lived in a small tent and, from what I could see, he had very few belongings. He was laying down on a vegetable fiber hammock and I could tell he was unwell. I asked if he had any one to look after him, if he had a wife or children. He answered me with a husky low voice, he had never had time for family life, every moment of his life had been dedicated to learning the philosophy of self-knowledge from his Master. The result of his dedication was wellbeing and a long life.*

*"But you got sick." I said.*

*"Yes, all animals get sick and die one day," he grumbled "I would have been sick more often, and would have died at the same age everyone else dies, without the practices of my science. However, even if my discipline had not given me all these additional years of life, it would still have been worth all the lucidity it brought me. Nothing has more value than knowledge." concluded the old man.*

*On that day I did not take care of my family obligations, instead I stayed to take care of the wiseman. He instructed me to hand pick specific herbs that were used in many ways: some of them he chewed; others, he asked me to macerate and apply to the chest; and yet others, I left soaked in water so that its active principle could be absorbed and later drank.*

*The caring for the wise old man was a priceless lesson on medicinal herbs, how to recognize them, learn what they were for, and how to use them.*

*I was so absorbed in my duties that time passed without me noticing, and when I came to it, twilight was already upon us.*

# O IMPULSO DE ABANDONAR TUDO

No final da tarde o ancião ordenou que eu voltasse para minhas funções na aldeia e na família. Respondi que queria ficar cuidando dele e que pretendia seguir o mesmo caminho de dedicação ao autoconhecimento, em tempo integral, como ele fizera. Mas ele não concordou.

– Cada pessoa tem uma forma de alcançar a lucidez. Eu optei pela vida retirada porque supunha que fosse um caminho mais fácil. Isso tem algumas vantagens, tais como a tranquilidade de não ser solicitado todo o tempo por uma esposa carinhosa, pelos filhos e pelo trabalho profano. Contudo, esse estilo de vida também apresenta severas desvantagens, pois a energia criadora fica estancada e o processo evolutivo torna-se mais lento. Precisei de décadas para alcançar o nível de consciência atual. Hoje sei que se me dedicasse ao método ancestral, que não exclui a vida familiar, eu teria obtido muito mais resultados com as minhas práticas, e que teria sido mais rápido e forte.

Uma das sendas para a evolução passa pelas experiências conjugais e pelo trabalho sobre a sexualidade. Este, sem dúvida, é um sistema mais poderoso e que, desde o nosso êxodo para o Sul, está caindo no esquecimento. No devido tempo, vou iniciá-lo nessa trilha. Por hoje, quero que retorne e cuide das suas vacas e da sua família. Volte amanhã.

## THE IMPULSE TO ABANDON EVERYTHING

*In the late afternoon the elder ordered me to return to my duties in the village and to my family. I replied that I wanted to take care of him, I wanted to dedicate myself full time to the same path of dedication to self-knowledge as he had done. But he disagreed:*

> *"Each person has a way to achieve lucidity. I chose a withdrawn life because I assumed it was an easier path. This has some advantages, such as the tranquility of not being demanded all the time by a loving wife, by children or by profane work. However, this lifestyle also has severe disadvantages, as the creative energy becomes hindered and the evolutionary process slows down. It took me decades to reach my current level of consciousness. Today I know that had I dedicated myself to the ancient method, that includes family life, I would have obtained far greater results from my practices, it would have been quicker and more enduring."*
>
> *"One of the approaches to evolution,' he continued, 'includes conjugal experiences and refining sexuality. This is without a doubt, a more powerful system and since we fled south, it is falling into oblivion. In due time, I will initiate you on this path. For today, I want you to go back and take care of your cows and your family. Come back tomorrow."*

# O QUE PERDEM OS CELIBATÁRIOS

Quando retornei, minha companheira estava encolhida num canto da nossa cabana, sentada no chão, banhada em lágrimas. Ao me ver, levantou-se num salto e num piscar de olhos atravessou a casa e atirou-se em meus braços.

– Ah! meu homem, que bom que você voltou para mim. Quando saiu pela manhã para buscar leite e não retornou até o fim do dia, pensei que lhe tivesse acontecido alguma coisa, ou que não me quisesse mais, ou... ou... – disse-me entre lágrimas e soluçando.

O perfume dos seus cabelos mesclava-se com o das suas lágrimas. Começamos a beijar-nos, a abraçar-nos fortemente e ficamos ali mesmo no chão a acariciar-nos, a nos olhar nos olhos, a expressar palavras de ternura e a sentir nossos corpos quentes de emoção. Assim permanecemos em êxtase de amor pela noite adentro e vimos nascer o sol sem sentir sono. Ambos nos conscientizamos de que foi naquele momento que o nosso casamento realmente se consumou e que nossa união de fato se consolidou.

Os raios do sol matutino penetraram nosso cantinho de amor como que a abençoar-nos. Brincamos algum tempo com as mãos e os dedos a bloquear e desbloquear a luz que acariciava nossos rostos.

Quando consegui parar para pensar no que havia ocorrido, valorizei ainda mais a mulher que tinha. É que, apesar do clima de compreensão do nosso povo, muitos vizinhos, quando se demoravam para voltar à casa, eram inquiridos pelas esposas: “Por que demorou tanto?”.

Os povoados por onde passamos eram bem variados. Até as línguas, vestes e costumes diferiam, mas os conflitos intrínsecos das pessoas em suas relações humanas parecem ser os mesmos, seja na cultura que for.

Contudo, minha companheira só queria saber que eu estava bem, que estava de volta e que continuava vivendo com ela. Nem uma pontinha de reclamação ou de azedume pela demora, só uma enxurrada de carinho que, sem dúvida, era muito mais eficiente para cativar seu companheiro. Era mesmo uma mulher inteligente.

## What is lost with celibacy

*When I returned home, my partner was sitting on the floor, curled up in a corner of our hut, weeping. As she saw me, she jumped up and in the blink of an eye ran across the house throwing herself into my arms.*

> *"Ah! My man, I am so glad you came back to me. When you left in the morning to get milk and didn't return, I thought something had happened to you, or that you did not want me anymore, or... or..." she said between tears as she sobbed.*

*The scent of her hair blended with that of her tears. We began to kiss, we hugged each other tightly, and remained on the floor caressing each other, looking into each other's eyes, expressing words of tenderness, and feeling the warmth of emotion in each other's bodies. We were in a state of ecstatic love all night long and we watched the sunrise without ever feeling sleepy. At that moment, both of us became aware that our marriage had really been consummated and that our union was indeed consolidated.*

*The morning rays of sunshine lit our little love nest as if to bless us. We played with them for a while with our hands and fingers blocking and unblocking the light that caressed our faces.*

*When I was able to stop and think about what had happened, I valued the woman I had even more. The fact is, even in communities as understanding as ours many neighbors, when they returned home late, were questioned by their partners: "Why did it take so long?"*

*The towns we passed along in our journey south were quite varied. So much was different, the languages, clothing and customs differed, but the intrinsic conflicts of people relating to each other seem to be the same, in whatever culture it may be.*

*However, my partner only wanted to know that I was well, that I would be back and that I was still living with her. There was not a hint of complaining or sourness for my delay, instead she showered me with affection arguably a much more efficient way to captivate her companion. She was indeed an intelligent woman.*

A partir desse dia, nunca mais cometi a mesma desconsideração. Em vez disso, trouxe-lhe flores e frutas frescas para seu desjejum, um pequeno filhote de tartaruga, e disse-lhe que ia levá-la para conhecer o velho Mestre. Ela ficou tão eufórica que emitiu uma série de gritinhos lindos de alegria, riu bastante e deixou escorrer uma terna lágrima de felicidade no cantinho dos olhos.

Como não podia deixar de acontecer, o desjejum foi regado por beijos, carícias e arrematado por um belíssimo ato de amor.

Logo que conseguimos, deixamos o chalé e fomos visitar o sábio. Nossa alegria era tanta por termos a felicidade de estar juntos, que íamos correndo, saltando e brincando pelo caminho afora, como se fôssemos duas crianças.

Quando chegamos, o Mestre já nos esperava com um sorriso nos lábios e uma fruta em cada mão, como se soubesse que eu iria levar minha mulher.

– Estas frutas são para vocês. Estão impregnadas de energia da prática que realizei pela manhã.

– Só então, notamos que o sol estava a pino e que havíamos ficado a metade do dia em nosso leito a compartilhar o que tínhamos de mais precioso. Mas o Mestre não estava aborrecido com isso. Ao contrário, parecia gratificado pelos nossos semblantes que irradiavam vitalidade.

– Mestre, você não estava enfermo?

– Isso foi ontem. Você cuidou bem deste velhinho e meus exercícios contribuíram para uma recuperação mais rápida. Vamos ter uma nova estudante hoje?

– Sem esperar pela resposta, passou cada braço sobre nossos ombros e conduziu-nos à caverna em que vivia.

*From that day on, I was never ever that inconsiderate again. Instead, I would bring her fresh flowers and fruit for her breakfast, a little pet turtle, and I told her I would take her to meet the elderly Master. She was so euphoric that she uttered beautiful shrieks of joy, she laughed and even let out a tender tear on corner of her eyes.*

*The inevitable consequence was that our breakfast was showered by kisses, caring and beautiful intimate love.*

*As soon as we could, we left the cottage to visit the wiseman. We were so joyful for being so fortunate to be together that we ran and pranced our way, as if we were two children.*

*When we arrived, the Master was already waiting for us, smiling and holding a fruit in each hand, as if he knew I was going to bring my wife with me.*

> *"These fruits are for you. They are imbued with energy from my morning practice." said the Master.*

*It was only then that we noticed that it was noon and that we had spent sharing what was most precious half of our day in bed. But the Master was not upset. On the contrary, he seemed gratified by our face that radiated vitality.*

> *"Master, weren't you sick?" I asked.*

> *"That was yesterday.' he replied, 'You took good care of this old man and my exercises contributed to a faster recovery. Will we have a new student today?"*

*Without waiting for our reply, he put his arm around our shoulders and led us into the cave he lived.*

# A casa do Mestre

Quando vim cuidar do Mestre, ele estava instalado em uma tenda do lado de fora de uma gruta. Olhando de fora, supus que essa caverna fosse pequena, pois a entrada era acanhada e quem pretendesse entrar teria que esgueirar-se quase próximo ao chão. Desta vez, o Preceptor me convidou para entrar, junto com a minha companheira.

O lado de dentro, no entanto, era espaçoso e parecia uma casa, e mais ainda pelos utensílios muito bem dispostos, com uma arrumação impecável. Havia uma mesa com vários assentos, o que me levava a concluir que ele recebia mais gente.

O Sábio nos convidou para sentarmos a essa mesa e nos serviu uma bebida quente que estava em um recipiente sobre o fogo de uma espécie de lareira. Notei que havia uma pequena abertura na rocha pela qual a fumaça se escapulia. Enquanto eu me questionava se aquela passagem havia sido escavada ou se o nosso anfitrião havia escolhido aquele local por já ter a saída para a fumaça, ele perguntou se estávamos gostando da bebida.

Sim, o que é?

Um tipo de infusão de várias ervas. Elas estimulam o amor. Será bom para vocês. Venham conhecer o restante da caverna.

Conduziu-nos ao fundo do salão de pedra, onde grossos armários de madeira pesada permitiam suportar o peso de uma quantidade incalculável de manuscritos em finíssimas lâminas de madeira e em pergaminho vegetal. Destes últimos, alguns estavam dobrados, outros enrolados e alguns eram deixados abertos, talvez por ser muito antigos e já não resistirem ao manuseio.

Para mim, aqueles escritos eram enigmáticos, pois eu não entendia seus caracteres. Mas algo me atraía neles. Gostava da forma, da cor e do cheiro daquelas escrituras.

Com um olhar maroto, agarrou um dos manuscritos e começou a ler um trecho, mostrando-nos os caracteres enquanto os lia. Depois, outro manuscrito. E outro mais.

# THE MASTER'S HOUSE

*The previous day, when I came to take care of the Master, he was staying in a tent just by this cave. As we looked from outside, I assumed that this was a small cave, the entrance was narrow and anyone wanting to enter would have to crouch. This time my partner and I were invited to enter.*

*From the inside, however the cave was spacious and it seemed like a home, even more so for being incredibly tidy and with well-arranged utensils. There was a table with several chairs, this led me to conclude that he must host more people.*

*The sage invited us to sit at the table and served us a hot drink which had been sitting on the flames of this fireplace. I notice a small opening between the rocks which allowed the smoke to escape. Just as I wondered if that passage had been carved or if our host had chosen this spot as it already had this makeshift chimney he ask us if we were enjoying the drink. I answered:*

*"Yes, what is it?"*

*"It is a type of infusion of several herbs. These stimulate love. It will be good for you. Come and see the rest of the cave."*

*He took us to the back of a rocky hall, where thick, heavy wooden cabinets held the weight of an untold quantity of manuscripts on very thin wooden sheets and vegetable parchment. Some of the latter, were folded, others rolled, and yet others were left open, perhaps for being too old and unable to withstand any handling.*

*All these manuscripts were enigmas to me, for I did not understand their characters. But something attracted me to them. I liked the shape, color, and scent of those scriptures.*

*The Master gave us a witty look and grabbed one of the manuscripts and began reading a passage. He showed us the characters as he read. Then he picked up another, and another.*

# Aprendendo a ler

Percebendo meu olhar para o manuscrito, o Mestre dirigiu-se a nós e disse:

– Vocês gostariam de aprender a ler estes símbolos?

– Sem dúvida – respondemos em uníssono – mas para que servem?

– Servem para que você possa escutar em sua mente as palavras dos sábios que já morreram. Aquelas são escrituras dos ancestrais. Elas vieram passando de Mestre a discípulo ao longo das gerações. Ninguém sabe há quanto tempo foram elaboradas. Estes outros são textos de minha autoria. Aqui reuni todas as coisas que aprendi ao longo de uma vida dedicada ao conhecimento, graças ao patrimônio de ensinamentos que herdei dos mais antigos. Veja, este símbolo significa "eu". – disse, apontando um caráter numa das escrituras. – Este outro, significa "união".

Em pouco tempo já conseguíamos ler algumas palavras e logo compreendíamos sentenças inteiras. Achávamos fascinante que um sinal desenhado sobre uma superfície pudesse produzir um som dentro da nossa mente; e que a associação de vários desses sinais chegasse a evocar um fluxo de imagens e conceitos.

E mais: que tais imagens e conceitos fossem transmitidos da mente de uma pessoa à de outra! Nunca na aldeia havíamos travado contato com esse tipo de cultura. Às vezes, topávamos com um sinete marcando alguma mercadoria, mas não nos preocupávamos com o significado dos seus caracteres. Ninguém se detinha nisso.

Os meses foram se passando e a quantidade de ensinamentos que recebíamos do Velho Sábio tornava-se inimaginável. Era como se estivéssemos ingressando num novo universo.

## LEARNING TO READ

*The Master noticed the way I looked at the manuscripts and he looked at us and asked: that I was looking at his library, the Master turned to us and said:*

*"Would you like to learn how to read these symbols?"*

*"Absolutely,' we replied in unison, 'but what good are they for?"*

*"These symbols allow you to hear the words of the ancient wise sages that preceded us in your mind. These are our ancestral scriptures. They have been passed down from Master to disciple for generations. No one knows how long ago they were written. These others are my own texts. Thanks to the heritage of teachings I have inherited from the elders, I've brought together all I've learned in a life devoted to knowledge. See, this symbol means 'I'." He said, pointing to a character in one of the scriptures. "This other one means 'union'."*

*Soon we could read a few words, and then we understood whole sentences. We found it fascinating that a sign, drawn onto a surface, could produce a sound within our minds; and, the association of several of these signs could even evoke a flow of images and concepts.*

*Moreover, these images and concepts were transmitted from one person's mind to another's! No one in our village had ever come into contact with this type of culture. Occasionally we came upon a seal adorning some goods, but we did not care about the meaning of characters in it – no one gave it a second thought.*

*As the months passed, the seer quantity of teachings we received from the Master became unimaginable. It was as if we were entering a new universe.*

Infelizmente, minha companheirinha não podia permanecer tanto tempo conosco, pois precisava cuidar da nossa plantação, dos animais e da casa. Inúmeras vezes ofereci-me para ir cuidar desses afazeres a fim de que ela pudesse ficar mais tempo com o Preceptor, mas ela me tomava o rosto entre as mãos, olhava-me com uma ternura indescritível e dizia que o meu lugar era ali. Fazia-nos companhia algum tempo e depois ia-se saltitando por entre as flores, que pareciam ter algum pacto com ela; pois seus pés não as feriam.

*Unfortunately, my partner could not spend as much time with us, she had to take care of our plantations, the animals and the home. I offered to go and take care of these things many times, so that she could spend more time with the Master. But she would hold my face in my hands, looking at me with an indescribable tenderness, and say 'Your place is there'. She would kept us company, for a while time, and then she would leap through the flowery fields, which seemed to have a pact with her, for her feet would never touch the flowers.*

## QUANDO EU CHEGAVA À CASA AO ENTARDECER

Às vezes, eu chegava tão tarde que perdia o início do pôr-do-sol. Eu sabia o quanto era importante para a minha parceirinha aconchegarmo-nos para admirarmos o disco solar pondo-se dentro do mar. Então, quando se fazia tarde, eu corria pelo campo, pois havia prometido não deixá-la mais triste pela minha ausência. Corria, procurando fazer como ela, que não pisava nas flores.

Por mais que corresse, acabava, vez por outra, chegando quando metade do espetáculo já havia se passado.

Um dia, atrasei muito e percebi que quando chegasse o sol já se teria ido. Fiquei tão magoado de imaginar as lágrimas sentidas do meu amor que resolvi levar-lhe um presente para compensar. No caminho, havia uma colméia cheia de mel silvestre. Já havíamos aprendido que a fumaça deixava as abelhas mais preocupadas com um eventual incêndio na floresta e que, sob o fumo, elas não atacavam os intrusos. Preparei uma tocha com muitas folhas verdes e parti para a coleta do mel. Nesse dia algo deu errado. Talvez pela ansiedade em fazer tudo depressa e levar logo a oferenda àquela que era a razão da minha vida, errei na quantidade de fumaça ou não prestei atenção quando o vento mudou. O fato é que as abelhas começaram a atacar. Porém, eu não desistiria. Não iria embora sem levar um favo de mel para aquela que tanta doçura me derramava todos os dias.

No afã de colher o mel em meio à dor das picadas, a tocha caiu da minha mão. Sem a fumaça para apaziguá-las, as abelhas atacaram todas com fúria. Nunca senti tanta dor na minha vida. As danadas entravam pelos meus cabelos, pela minha roupa, entravam na minha boca, e não adiantava correr porque elas voavam mais rápido e não desistiam da perseguição.

## When I arrived home at dusk

*Sometimes, I arrived home so late that I would miss the beginning of the sunset. I knew how important it was for my partner to snuggle up and admire the solar disk setting into the sea. When it was getting late, I would run across the fields, I had promised not to make her sadder with my absence. I ran trying to do as she had, avoiding the flowers.*

*Despite my best efforts, sometimes I arrived when the spectacle was already half over.*

*One day I was really late, and I realized that by the time I arrived the sun would have already set. I was deeply hurt imagining my partner's tears. So I decided I would bring her a present to make up for it. On the way home I came across a beehive full of wild honey. We had already learned that smoke caused the bees to be enormously concerned about a possible forest fire and, if smoke entered the beehive, they would not attack intruders. So I prepared a torch and set lots of green leaves within and I set out to collect the honey. On this day, though, something did not go right. Perhaps because I was anxious to do everything too quickly and promptly so I could take the offering to the beloved reason for my life. Maybe I got the amount of smoke wrong or did not notice when the wind changed direction and blew the smoke away from the beehive, whatever happened, the fact was that the bees started to attack me. I would not give up. I could not leave without taking a honeycomb to the person who bathed me with so much sweetness every day.*

*As I tried my best to collect the honey, in between stings, I let the torch fall. Without any smoke to shield me, the bees began to attack me in fury. I have never felt so much pain in my life. The small bees would penetrate my hair, my clothing, they entered my mouth, and running was useless as they could fly faster than me, they were relentless.*

Continuei correndo por puro instinto de sobrevivência, até que em dado momento elas desistiram. Mas eu nem percebi que já não estavam mais ferroando, porque a dor da toxina continuava fazendo o seu efeito.

Quando cheguei à casa, com o braço estendido, o favo de mel na mão, só consegui dizer:

– Para você, meu amor... – e desmaiei sob a dor de centenas de ferroadas.

Dois dias depois, ao recobrar a consciência, minha mulher me contou que quando cheguei à casa com o favo de mel, meu rosto estava desfigurado. Permaneci um dia e uma noite com febre alta. O Mestre veio me ver e disse que talvez eu não resistisse à peçonha das abelhas devido à quantidade de picadas. Contudo, aplicou compressas e recomendou que ela não se afastasse nem por um instante, pois o amor consegue coisas que a própria filosofia não sabe explicar. Os amigos iam cuidar da casa, faziam comida para nós e tratavam dos animais. Ela ficava todo o tempo falando comigo, segurando a minha mão e acariciando meu rosto.

Dessa forma, depois de dois dias, voltei à vida. E a primeira coisa que vi foi seu olhar úmido por uma lágrima de amor que rolou do seu rosto ao meu. Nunca ninguém havia me olhado daquela maneira. Jamais esquecerei seu olhar. Jamais esquecerei aquele momento. Ainda sem poder falar direito, estreitei-a entre meus braços doloridos e solucei, do fundo da minha alma, lágrimas de gratidão e afeto.

Hoje, quando me recordo aquela cena, tenho pena dos que não puderam viver momentos assim em suas vidas.

*My survival instinct kept me running and eventually they gave up. I did not even notice that I was no longer being stung as I had already enough toxin in me for it to continue to act.*

*When I got home, I extended my arm holding the honeycomb in my hand, I could only say:*

> *"For you, my love..." before fainting from the pain of hundreds of stings.*

*Two days later, when I regained consciousness, my wife told me that when I arrived home with the honeycomb, my face had been disfigured. I was confined to bed for a day and a night suffering a high fever. The Master came to see me and said that maybe I would not be able to resist the quantity of venom delivered by such a large number of stings. Nonetheless, he applied bandages and recommended that she should not leave my side for a moment, because love can do things that no philosophy will ever explain. Our friends helped to take care of the house, they made us food and tended to our animals. She remained beside me the entire time, holding my hand and caressing my face.*

*After two days of this I came back to life. The first thing I saw were her moist eyes that held a tear of love that rolled down from her face to mine. No one had ever looked at me like that before. I will never forget the look in her eyes. I will never forget that moment. I was barely able to speak properly, so I held her in my aching arms and, from the depths of my soul, I sobbed tears of gratitude and affection.*

*Today, when I recall that scene, I feel sorry for anyone who did not have the opportunity to live such moments in their lives.*

## APRENDENDO A ESCREVER

Em alguns dias eu já estava melhor e retornei ao discipulado com meu Mestre. Quando fiquei exímio na leitura, o Velho Sábio me disse:

– Filho, estou com os olhos cansados e brevemente não poderei mais escrever minhas ideias. É uma pena que nesta idade a mente esteja tão mais clara e tantos conhecimentos encontrem-se acumulados nela, mas o corpo não consiga dar vazão a tudo o que sabemos e a tudo o que poderíamos fazer com isso. Pegue o instrumento de escrita e grave o que vou lhe ditar.

Ingenuamente, agarrei o cálamo, molhei-o na tinta, como havia visto o Mestre fazer tantas vezes, e me armei para escrever. Mas... que incrível! Não conseguia traçar um signo sequer! Como isso era possível? Eu vira o Mestre escrever todos os dias e fazê-lo com tanta facilidade!

Quando olhei para ele, como quem pede socorro, percebi que torcia-se de rir com a cena e com a minha cara. Eu estava habituado com o meu povo, que ria com muita facilidade, e que achava graça de tudo e de nada, mas era hilariante a imagem daquele ancião com o rosto vermelho de tanto rir, contrastando com suas barbas brancas. Quando ele conseguiu falar alguma coisa, disse-me, ainda entre acessos de riso:

– Então, achou que era fácil? Ler é uma coisa, porém escrever é outra muito mais difícil. Cada símbolo deve ser traçado com arte e harmonia. É preciso respeitar o som. O som é sagrado. – E, dizendo essas palavras, apontou para um lagarto que estava a alguns metros de distância. Enquanto eu olhava o réptil, o Mestre emitiu um som grave e longo. O lagarto levantou a cabeça, olhou para nós e fugiu em disparada.

– O que foi isso, Mestre?

## Learning to write

*A few days later I was better and returned to the discipleship with my Master. When I became an expert in reading, the Elder Sage spoke to me:*

> *"Son, my eyes are tired and soon I will no longer be able to write my ideas. It is a pity that, at this age, when the mind is so clear and so much knowledge has been accumulated, the body can no longer express everything we now know and can no longer perform what we could potentially do. Take this writing instrument and record what I'm going to tell you."*

*I naively grasped the calamus. I wetted it in the ink, as I had seen the Master do so many times, and I began to write. But... how amazing! I could not inscribe a single symbol! How was that possible? I had seen the Master writing every day and he made it look so easy!*

*When I looked at him, as if pleading for help, I realized that he was rolling over with laughter, bemused by the whole setting as well as my expression. I was used to my people, who laughed very easily and who could be amused by everything and nothing at all, but the image of that old man laughing so hard that his face became bright red and contrasted with his white beard, was just hilarious. When he was able to speak, he said to me, still in a fit of laughter:*

> *"So, you thought it would be easy? Reading is one thing, but writing is something else, it is much harder. Each symbol must be inscribed with art and harmony. It is important to respect the sound. The sound is sacred." as he said these words, he pointed to a lizard that was a few feet away. As I looked at the reptile, the Master produced a long, deep sound. The lizard lifted its head, looked at us, and quickly fled.*
>
> *"What was that, Master?"*

– Isso foi para você constatar o poder do som. Mais tarde vou-lhe ensinar sons para acalmar os animais e sons para afastá-los; sons para adormecer e para despertar; sons para curar e para matar; sons para produzir a concentração mental e outros para despertar energias adormecidas dentro de você. Esta é parte da minha ciência. O verbo é um grande poder que está à nossa disposição. Mesmo as palavras que usamos para falar têm uma grande força. Tudo o que nossa civilização construiu e realizou, partiu da palavra, pronunciada ou mentalizada. Antes de construir sua cabana, você disse "Vou construir uma casa". Foi assim que sua habitação começou a existir. Por isso, é preciso respeitar as palavras, escrevê-las corretamente e grafá-las com a harmonia das linhas de força que constituem cada símbolo gráfico. Hoje você vai começar a aprender essa arte, a arte da caligrafia. – E prosseguiu:

– As culturas mais primitivas não têm escrita. Outras, menos primitivas possuem a escrita, contudo seu traçado é grotesco. À medida que o ser humano aprimora-se culturalmente ele passa a realizar todas as ações de uma forma mais sutil, mais elaborada, mais sofisticada. Desde a arrumação da sua casa, dos seus trajes, a organização dos seus movimentos, a expressão fisionômica, a fala e a escrita, tudo torna-se mais harmonioso, delicado e bem acabado.

*"That was for you to see the power of sound. Later I will teach you sounds that soothe animals and sounds that keep them away; sounds that induce asleep and induce waking; sounds that heal and that kill; sounds that produce mental concentration and others to awaken dormant energies within you. This is part of my science. The word is of great power and we have it at our disposal. Even the words we use to speak have great strength. Everything that our civilization built and everything we did, began with mere words, spoken or thought. Before you built your home, you said, "I'm going to build a house." This is how your abode came into being. Therefore, it is necessary to respect words, to write them down correctly and to inscribe them in harmony with the lines of force that constitute each symbol. Today you will begin to learn this art, the art of calligraphy.*

*"The most primitive cultures posse no writing. Others, a little less primitive, possess writing, yet its script is grotesque. As human beings improve culturally they begin to perform all of their actions in a subtler, more elaborate, more sophisticated way. This can be observed in the way they organize their homes, their clothes, their movements, their physiognomies, their speech and their writing, everything becomes more harmonious, delicate and refined.*

## O FABRICO DO INSTRUMENTO DE ESCRITA

– Primeiramente, você precisa aprender a fabricar o instrumento de escrita. Tome uma pequena cana[1] de bambu tenro. Corte-o entre dois nós, no tamanho adequado, que é o de um palmo. Depois, aponte e chanfre uma das extremidades. Deixe-o secar bem num lugar ventilado, sob a luz do dia, mas ao abrigo do sol. Quando ficar bem seco estará pronto para o uso – disse-me.

Treinei semanas até que conseguisse fazer uma ponta que o Mestre aprovasse. Passava os dias cortando e apontando varetas de bambu. Por mais que eu achasse que já estavam perfeitas, meu preceptor encontrava um defeito imperceptível para os meus olhos. E ele ainda dizia que os seus olhos é que estavam cansados! Como eu fizesse cara de quem não compreendia o que estava errado, ele molhava a ponta na tinta e me mostrava que tipo de traçado saía dali. Então, eu me convencia. Estava mesmo uma porcaria.

Quando consegui acertar a elaboração do instrumento, ele passou a me ensinar o fabrico da tinta. Primeiro tínhamos que nos embrenhar no mato para encontrar umas frutinhas negras. Depois, era preciso selecionar somente as que estivessem bem maduras e que tingiam nossas mãos ao colhê-las. Era necessário recolher uma grande quantidade. Em seguida, deixá-las numa estufa feita de madeira e couro, colocada sob o sol durante alguns dias. Então, eram retiradas, fervidas e coadas em tela fina. Em separado, misturava-se cuidadosamente uma pequena quantidade de óleo vegetal e pó de uma pedra vermelha que havia sido esfarelada com o malho e, a seguir, moída durante dias em moinho de pedra.

---

1 "Pequena cana" teria dado origem ao termo *caneta*.

## MANUFACTURING THE WRITING INSTRUMENT

> *"Firstly, you need to learn how to make the writing instrument. Take a stick of tender bamboo. Then, cut it in between two nodes. The adequate size is the span of your hand. Then sharpen one of the ends and make it chamfered. Let it dry fully in a well ventilated place, during the day, but under the shade, away from direct sunlight. When it's completely dry it will be ready for use"* he told me.

I trained for weeks before I could make a tip that gained the Master's approval. I spent the days cutting and sharpening bamboo sticks. No matter how perfect I thought my work was, my preceptor would find defects that were imperceptible to my eyes. He would then exclaim: "and I am the one with tired eyes!" When I looked like I did not understand what was wrong, he would dip the tip in the ink and show me what kind of script it produced. That would convince me. It really was bad.

When I was able to elaborate the instrument correctly, he taught me how to make the ink. First, we had to go deep into the bush to find some black fruits. We then had to select only the ones that were very ripe and that stained our hands when we gathered them. We needed to collect a large quantity of these fruits. We would then place them in a hothouse made of wood and leather, and leave it under the sun for a few days. Then, we removed the contents and boiled it. We would filter it with a thin cloth. In parallel, we carefully mixed a small amount of vegetable oil and the powder of a red stone that had been crushed with a mallet and milled for days in a stone mill.

Para obter-se o pó suficientemente fino, o Mestre pegava o pó conseguido com o moinho e derramava-o de um recipiente para outro, levantando poeira, e soprava de leve, levando as partículas menores a ficar em suspensão no ar e deslocarem-se para um outro recipiente que ficava atrás. Repetia essa operação várias vezes. Somente esse pó impalpável era utilizado, mas o processo para obtê-lo levava dias.

Com esse pó vermelho e o óleo era feita uma pasta. Depois, uma pequena quantidade dessa pasta era dissolvida na tintura negra obtida das frutinhas. Em seguida, era a vez de misturar um pouco de água, aquecer moderadamente e mexer muito bem, até que a mistura ficasse extremamente homogênea e bem líquida. No final, a mistura era filtrada numa lâmina de pedra porosa para retirar resíduos mais grossos. Mas quando a tinta ficava pronta, compensava. Ela produzia uma linha delicada, de contorno preciso, de cor negra avermelhada e que, depois de seca, resistia à água.

In order to obtain a sufficiently fine powder, the Master would pick up the results of the milling and pour it from one container to another. This lifting the finest dust which he blew over it lightly, causing the smallest particles to be suspend in the air blown into another container behind. He would repeat this procedure several times. It was only this finest impalpable powder that was used, but the process to produce it took days.

The combination of the oil and power produced a paste. Then a small quantity of this paste was dissolved in the dark dye obtained from the little fruits. Now it was the time to mix in a little water, warming it up moderately and stiring very well, until the mixture became extremely homogeneous and liquid. At the end, the mixture was filtered on a porous stone sheet to remove any impurities. All this hard work paid off when you had the ink. The reddish-black ink produced a delicate line and a precise contour, and after drying, it was also water resistant.

## O FABRICO DO "PAPEL"

Agora, era preciso fabricar a folha sobre a qual a tinta seria usada. O Mestre me disse que essa era a parte mais difícil, pois construir o instrumento de escrita e produzir a tinta, era uma questão apenas de saber que materiais usar e de aprender a fazê-los. Porém, para produzir a folha era necessário possuir uma ferramenta especial de cobre, capaz de cortar uma finíssima superfície de madeira macia.

Depois de incontáveis tentativas, e já quase desistindo, contei com a complacência do Mestre, que concordou que usássemos uma lâmina de madeira não muito fina, nem bem contornada. Ela saía curva pela ação da ferramenta de corte. Então, era preciso prensá-la entre duas pedras polidas, lisas como a superfície das águas tranquilas do lago. A lâmina de madeira era colocada sobre a primeira. Em cima dela, era pousada a outra, com cuidado para que não quebrasse. Em seguida, o conjunto era deixado sob o sol vários dias, até secar a lâmina de madeira. Quando ela era retirada, estava mais fina e compacta.

Perguntei ao Mestre o motivo pelo qual nós fabricávamos aquelas lâminas, se ele possuía manuscritos em pergaminho vegetal.

– O pergaminho vegetal é muito caro. Na nossa aldeia ninguém sabe como fabricá-lo. Ele é feito por outro povo e vem de longe. Só usamos o pergaminho vegetal para textos importantes e para escrituras extensas, que precisam ser registradas em muitas folhas, o que com as lâminas de madeira ocuparia espaço excessivo.

– Mestre, você já pensou em outras alternativas de superfícies para a escrita?

# Making the "paper"

*Now we had to make the paper upon which the ink would be used. The Master told me that this was the hard part, because to create the writing instrument and to produce the ink it was just a matter of knowing what materials to use and learning how to make them. However, we needed a special copper tool to produce the paper, this tool was capable of cutting a very fine surface of soft wood.*

*After countless attempts, and almost giving up, I appealed to the Master's complacency, he agreed to allow us to use a wooden sheet which was not as fine nor as well contoured. The sheet was a little curved due to the action of the cutting tool. It was then necessary to press it between two stones, that had been polished to resemble the surface of the serene waters of a lake. The wooden sheet was placed over the first stone. The second stone was placed above the sheet, carefully as not to break the paper. Then the set was left under the sun for several days, until the wooden sheet had dried. When the sheet was removed it was thinner and more compact.*

*I asked the Master why we manufactured those sheets if he had manuscripts of vegetable parchment.*

> *"The parchment is very expensive. In our village no one knows how to make it. It is made by other people and comes from afar. We only use the vegetable parchment for important texts and for extensive writings, which need to be recorded on many sheets, which, using the wooden blades, would take up too much space."*
>
> *"Master, have you thought of other writing surface alternatives?"*

– Quando eu era jovem considerei essa possibilidade. Conheci povos que gravam sobre pedra ou sobre tábuas de argila. Têm a vantagem de ser duráveis. O fogo não queima, a água não destrói, o tempo não corrompe. Mas, para nós, essas soluções são inviáveis. Eu não teria força para transportar minha biblioteca. E você já imaginou se tivéssemos que empreender outro êxodo? Teríamos que deixar para trás toda a nossa cultura escrita!

Diante desses argumentos, não questionei mais. Eu também não gostaria de ter que ajudá-lo a arrumar uma biblioteca tão pesada...

*"When I was young I considered that possibility. I have known people who engraved on stone or on clay tablets. They have the advantage of being durable. Fire doesn't burn them, water doesn't destroy them, time doesn't corrupt them. But for us, these solutions are not viable. I would not have the strength to carry my library. And have you ever wondered if we were to embark on another exodus? We would have to leave behind our entire written culture!"*

*These arguments took away any wind from my questioning. Also, I would not want to have to help carry such a heavy library.*

# A PRIMEIRA CRISE DE DESÂNIMO

Dali para a frente, passei a exercer a função de escriba. Minha mão doía terrivelmente depois de passar algumas horas escrevendo. Eu queria sair dali correndo e voltar a desfrutar das campinas, dos montes, dos rios, do mar. Sentia-me confinado, preso mesmo, naquele espaço limitado, ao qual não estava habituado. Apesar de nossas meditações às margens do grande rio e de uma ou outra atividade ao ar livre, com o tempo eu ia sendo requisitado, mais e mais, a trabalhar dentro da gruta.

Por vezes, o Mestre estava falando comigo, mas meu pensamento vagava pela mata e pelas cachoeiras, sob o sol da manhã. Meu corpo daria tudo para poder estar lá fora, na natureza. Contudo, minha dedicação ao Mestre e minha paixão por aqueles estudos seguravam-me dentro da caverna. Na verdade, permaneceria até mais tempo se preciso fosse, uma vez que eu queria aquele conhecimento. Pouco a pouco, fui me acostumando a essa nova vida, de menos lazer e mais responsabilidades, porém travando um convívio fascinante com a sabedoria.

Certo dia, confidenciei ao Mestre minha angústia por permanecer tanto tempo enclausurado num ambiente fechado. Não que fosse tão pequeno, mas com o tempo parecia limitante. Então, o Velho Sábio perguntou-me:

– Você seria capaz de abdicar de todos os demais prazeres, passeios e folguedos nas praias, rios e cachoeiras se isso fosse necessário para continuar dedicando-se aos nossos estudos?

Sem hesitar, respondi firmemente que sim. Então, disse-me:

– Mova aquele armário de escrituras lá no fundo.

## The First Crisis of Discouragement

*From then on, I became a scribe. My hand ached terribly after spending a few hours writing. I wanted to leave, to running away and enjoy the meadows, the mountains, the rivers, the sea. This unfamiliar setting made me feel confined, a prisoner in that limited space. In spite of our meditations by the banks of the great river and the odd outdoor activity, over time I was being asked, more and more, to work inside the cave.*

*Sometimes the Master would talk to me, but my thoughts were wandering through the woods and the waterfalls, under the morning sun. My body would give anything to be out there in Nature. However, my dedication to the Master and my passion for those studies kept me in the cavern. In fact, if it was required, I would have stayed even longer because I wanted that knowledge. Little by little, I became accustomed to this new life, that had less leisure and more responsibilities, but which allowed me to have fascinating closeness to wisdom.*

*One day, I confided to the Master my frustration about being cloistered for so long in such a closed environment. The space was not that small, but over time it felt so confined. Then the Old Wiseman asked me:*

> *"If it were necessary to continue dedicating ourselves to our studies, would you be able to give up all the other pleasures, strolls and adventures on the beaches, rivers and waterfalls?"*
>
> *"Yes." I answered firmly, without hesitation.*

Arrastando o armário, encontrei uma passagem.

– Entre – disse-me.

Ao entrar, fiquei paralisado de deslumbre. Existia um outro salão imenso, de teto incrivelmente alto e paredes fosforescentes. Havia até um riacho subterrâneo e uma piscina natural. Lá dentro, uma quantidade de outras escrituras, algumas armazenadas em nichos escavados no arenito e outras guardadas em ânforas de cerâmica lacradas para evitar os possíveis insetos e a umidade.

Notando meu deleite, o Mestre disse com satisfação:

– Sei que não se compara com os campos abertos e banhados pelo sol. Mas, tudo o que não pudermos estudar às margens do rio, passaremos a fazê-lo aqui.

Assim, passei os anos seguintes estudando, meditando e praticando as técnicas do Velho Mestre.

*Then, he said to me:*

> *"Move that scripture cabinet there, right at the back." Dragging the cabinet, I found a passage.*
>
> *"Come in." he told me.*

*As I entered, I became paralyzed with wonder. There was another huge hall, with an incredibly high ceiling and phosphorescent walls. There was even an underground stream and a natural swimming pool. Inside, a number of other scriptures, some stored in niches carved on the sandstone and others stored in sealed ceramic amphorae to avoid insects and dampness.*

*Noticing my delight, the Master said with satisfaction:*

*"I know that this does not compare to the sun-drenched open fields. But whatever we cannot study on the banks of the river, we will do so here."*

*The next few years were spent studying, meditating and practicing the techniques of the Old Master.*

# O MOMENTO DA MATURIDADE

Um dia, voltando para casa, encontrei minha mulher em prantos, aplicando compressas sobre a perna do nosso filho. Corri para acudi-la.

– O que foi? O que foi? – perguntei angustiado.

– Nosso filho mais novo foi picado por uma serpente quando catava gravetos para acender o fogo.

– O Velho Sábio deve ter uma medicina para isso – respondi, enquanto acariciava-lhe a testa. Em seguida, corri até a caverna do Mestre. Ele, solícito, agarrou uma ânfora, algumas ataduras, uma lâmina e correu comigo para a aldeia. Mas quando lá chegamos, era tarde. O menino havia expirado.

Minha mulher já não chorava. A maioria do nosso povo só chorava enquanto a pessoa estava sofrendo. No momento em que deixava de sofrer, os familiares geralmente paravam de chorar e permaneciam quietos por um longo tempo. Tinham o hábito de permanecer longamente abraçados com o ente querido que jazia sem vida.

Nossa gente via a morte com naturalidade, pois convivíamos com a realidade da natureza que nos rodeava e os animais morriam o tempo todo. As pessoas também não viviam muito e os falecimentos eram frequentes. Mas a tristeza da perda, essa era inevitável.

## THE MOMENT OF MATURITY

*One day as I was returning home I found my wife in tears, she was applying bandages to our son's leg. I hurried to her:*

> *"What is it? What is it?" I asked nervously.*
>
> *"Our son was bitten by a snake while he was picking sticks to light the fire."*
>
> *"The Old Wise must have a medicine for that," I responded, while stroking his forehead. I ran to the Master's cave. Always willing to help, he grabbed an amphora, some bandages, a blade, and ran with me to the village. But when we got there, it was late. The boy had passed away.*

*My wife no longer cried. The majority of our people would only cry while a person was suffering. As the suffering stopped, family members usually stopped crying and remained quiet for a long time. They had the habit of having a long-lasting embrace with the loved one, now lifeless.*

*Our people regarded death naturally, because we were connected with the reality of nature that surrounded us, animals died all the time. People also did not live that long and the deaths were frequent. But the sadness of loss, this was inevitable.*

Não ficávamos nos perguntando “por quê?” nem manifestávamos surtos de revolta, amargor ou descrença por causa da morte de alguém, contudo, sofríamos a sua falta.

Abracei minha mulher e meu filho. O Mestre nos abraçou a todos. Ficamos assim por muito tempo, consolando-nos mutuamente e sendo consolados pelo Sábio.

A essa altura, outras pessoas da aldeia já haviam sido informadas e aproximavam-se para ofertar sua solidariedade. Finalmente, levantamo-nos, aceitamos uma bebida quente e escutamos algumas palavras de carinho dos Anciãos. O Mestre afastara-se e ficara muito quieto à distância.

Algumas horas depois os mais velhos nos disseram que era tempo de nos despedirmos do nosso filho e que ele seria preparado para retornar aos elementos. Embora outros povos com que travamos contato, adotassem formas diferentes de tratar os mortos, na nossa aldeia enterrávamos seus corpos. Assim, o pequenino corpo foi envolvido em tecidos bonitos e delicados. Depois, por fora, outros mais resistentes, grossos. Muitas ervas aromáticas foram espalhadas na cova. Seu corpo foi levado com cuidado até o fundo. Depois, a terra cobriu aquele pequeno ser, agora imóvel e sem vida.

*We did not ask ourselves "Why?", nor would we cry in uncontrollably in bitterness or disbelief over someone's death, although, we would surely feel their absence.*

*I embraced my wife and my son. The Master embraced us all. We stayed together like this for a long time, comforting each other and being comforted by the Sage.*

*By now, others in the village had been informed and were approaching our home to offer their gestures of solidarity. Eventually, we got up to accept a warm drink and listened to some of the elder's caring words. The Master distanced himself and was very quiet.*

*A few hours later the elders told us that it was time to say goodbye to our son and that he would be prepared to return to the elements. Although other tribes, with whom we were in contact with, adopted different traditions with the dead, in our village we buried the bodies. Thus, the tiny body was first wrapped in beautiful and delicate fabrics, then, sturdier and thicker one on the outside. Many aromatic herbs were scattered in the pit. His body was gently placed inside. Then the earth covered that little being, now motionless and lifeless.*

# Quem sou?
# De onde vim?
# Para onde vou?

Aceitávamos os fatos da natureza. Não cogitávamos em vida eterna nem sobre reencarnação. Ficávamos tristes por algum tempo, mas depois íamos voltando aos nossos afazeres e à nossa maneira de ser, o mais rápido possível. E logo estávamos novamente felizes. Além do mais, havia as outras crianças para cuidar.

Por outro lado, os mais velhos iam cuidando dos irmãos mais novos. Dessa forma, as tarefas eram compartilhadas e não sobrecarregavam os pais.

A essa altura, tomamos consciência de que já não éramos jovens para ter outros filhos. Tínhamos bem mais de 20 anos de idade e certamente iríamos morrer antes de criá-los. Então, passamos a nos dedicar quase que exclusivamente ao serviço do Mestre e à aquisição do Conhecimento.

Devido à morte do nosso filho, o interesse que manifestávamos era iminentemente pelos processos curativos. Inconscientemente, estávamos interessados em salvar a vida de alguma outra criança que eventualmente fosse picada por serpente.

Contudo, o Mestre, pacientemente, explicou-nos que havia coisas mais importantes que a medicina e que esta era muito falha. Que a verdadeira sabedoria não consistia em, meramente, curar uma enfermidade ou tentar salvar o corpo do seu destino inexorável.

– Todos temos que morrer de alguma coisa – disse-nos. Podemos evitar aquilo que depender de nós, mas há outras ocorrências que não dependem da nossa vontade ou dos nossos conhecimentos e esforços.

*We accepted the facts of Nature. We did not think about eternal life or reincarnation. We were sad for a while, but as soon as possible we went back to our tasks and our way of life. And soon we were happy again. Besides, there were the other children to take care of.*

*Moreover, the older siblings were taking care of the younger siblings. This way the tasks were shared and would not overburden the parents.*

*At this point, we became aware that we were no longer young enough to have more children. We were well over 20 years old and we would certainly die before we raised them. So, we started dedicating our time almost exclusively to the service of the Master and the acquisition of Knowledge.*

*Due to the death of our son, the interests that we manifested were strongly linked with the curative processes. Unconsciously, maybe we were trying to save the life of some other child who could eventually be bitten by a snake.*

*However, the Master patiently explained that there were more important things than medicine and that medicine itself was very flawed. That true wisdom was not about merely healing an illness or trying to save the body from its inexorable destiny.*

> *"We will all die of something," he told us "we can avoid that which is our responsibility, but there are other events that do not depend on our will, nor of our knowledge and effort.*

Vicissitudes ocorrem o tempo todo e há bem pouco o que os seres humanos possam fazer para furtar-se a elas. Então, a solução está numa dimensão mais elevada. Não está em conseguir sempre evitá-las, mas em como encará-las e como reagir a elas. Não se trata de aceitá-las passivamente, mas de localizar sua consciência num patamar em que possamos enxergar todas essas coisas do alto, e não mais da nossa perspectiva pessoal, da nossa pequenez egóica.

Confesso que não compreendi nada. Do pouco que entendi, tive a petulância de discordar. Afinal, tratava-se da minha vida, da minha família, dos meus filhos, da minha dor...

O Mestre passou alguns meses ensinando-nos a medicina dos antigos. A cada erva, raiz, seiva, resina, folha, casca de árvore, o Mestre incutia conceitos filosóficos. A cada emplastro, compressa, infusão, cocção, ele insuflava noções indutoras ao autoconhecimento. Assim, pouco a pouco, foi-nos direcionando para uma área de sabedoria na qual interessava-lhe mais que nos aprofundássemos e foi-nos afastando do cultivo utilitário das terapias. Em pouco tempo estávamos liberados dos nossos mundinhos e começávamos a divisar um universo fascinante de concepções novas, de percepções extra-sensoriais e de estados de consciência superiores, dadores de uma lucidez indescritível. A isso dedicamos a nossa vida dali para a frente, bem como a retransmitir esse Conhecimento.

> *Vicissitudes take place all the time and there is little humans can do to escape them. So, the solution is in a higher dimension. The solution is not to try to avoid them, but how we face them and how we respond to them. It is not a matter of accepting them passively, but instead, to lift your consciousness to a level where you can see everything from above, and not from the narrow egotistical personal perspective."*

*I confess I did not understand a thing. Yet, from the little I understood, I had the petulance to disagree. After all, it was my life, my family, my children, my pain...*

*The Master spent a few months teaching us the medicine of the ancients. As he walked us through each herb, root, sap, resin, leaf, bark, the Master would infuse philosophical concepts. As he demonstrated each plaster, bandage, infusion, concoction, he would inject insights into self-knowledge. Little by little, he led us to the area of wisdom which he wanted us to dive deeper, and distanced us from the utilitarian cultivation of therapies. In a short time, we were freed from the limited perspective of our small world and began to see a fascinating universe of new concepts, of extra-sensory perceptions and of higher states of consciousness, providing an indescribable lucidity. From this point onwards, we dedicated our entire lives to this, as well as to of the sharing this Knowledge.*

## Os poderes do Mestre

Quando o Mestre falava, dava-nos a impressão de estar lendo um daqueles vetustos manuscritos, pela linguagem precisa e impecável, exalando conhecimento a cada sílaba. O timbre com que expunha sua locução conferia mais dignidade e magnificência a cada frase. Seu olhar e fisionomia emolduravam as sentenças. Sua gesticulação sacralizava e enobrecia o ensinamento, compondo com o todo uma *mis-en-scène* competentemente pedagógica. Ficávamos horas a fio escutando suas histórias, parábolas, abstrações teóricas ou simples técnicas bem concretas.

Muitas vezes, no meio da preleção, queríamos fazer uma pergunta e estávamos só esperando a oportunidade de interrompê-lo para pedir um esclarecimento – mas o Mestre respondia à nossa dúvida como se estivesse lendo o que se passava em nossas mentes... E, fora das aulas, quantas vezes contou uma parábola ou disse-nos uma frase que era exatamente o que estávamos precisando ouvir naquele momento!

– Será que um dia seremos como ele? – Perguntávamo-nos.

Certa noite, o Sábio chamou-nos a um canto especial da caverna que era adornado com madeiras aromáticas, formando um portal. O limo já se insinuava por entre pedra e pau, dando origem a nuances de brilho diferentes das dos materiais sem vitalidade.

O simples sentar-nos ali já gerou um indescritível bem-estar. O Mestre aproximou-se com um ar grave, quebrado apenas por um discreto sorriso, estendeu os braços e apoiou as mãos sobre nossas cabeças. Imediatamente um calor interno tomou conta dos nossos corpos. Uma forte vibração começou a estremecer a base da nossa coluna vertebral. Primeiramente o períneo reagiu com um calor intenso e com contrações musculares involuntárias. Em seguida, essa sensação ascendeu, pulsando, pelo centro da coluna vertebral, e sentimos uma pressão agradável dentro de nossos crânios. Parecia que o sangue subira todo pela

## The powers of the Master

*When the Master spoke, he seemed to be reading from one of those ancient manuscripts, such was his precise and impeccable language, exuding knowledge with each syllable he uttered. The tone with which he articulated his words conferred more dignity and magnificence to each phrase. His gaze and physiognomy framed the sentences. His gesture sacralized and ennobled the lesson, composing everything with a competently pedagogical-mis-en-scène. We spent hours listening to his stories, parables, theoretical abstractions, or simple very concrete techniques.*

*Oftentimes, in the middle of a lecture we would want to ask a question. Just as we were waiting for an opportunity to interrupt him and ask for clarifications – the Master would answer our doubt as if he were reading our minds... And, outside of the classes, he would often share a parable or say a phrase that was exactly what we needed to hear at that moment!*

*"Will we ever be like him one day?" We would ask ourselves.*

*One night, the Sage called us to a special corner of the cave that was adorned with aromatic woods, forming a portal. The moss had grown into the spaces between wood and stone and giving it a unique shimmer not present in materials without vitality.*

*The simple sitting in this place already generated an indescribable well-being. The Master approached us with a weighty look, broken only by a discreet smile, he stretched out his arms and rested his hands on our heads. Immediately we felt an internal warmth in our bodies. A strong vibration began at the base of our spines.*

espinha até à cabeça. Sentimo-nos tremer e transpirar sob seu poderoso toque. A sensação era muito boa e agora envolvia todo o corpo. Quando demos por nós, estávamos derramando copiosas lágrimas de júbilo espontâneo, inexplicável.

– O que houve? – perguntamos ao Mestre. – Por que estamos sentindo isto?

O Mestre, espantando um vagalume que se acomodara na sua testa, sentou-se ao nosso lado e explicou.

– Acabo de transmitir a vocês a Força dos Sábios que me precederam. Assim como uma chama acende a outra chama, esta Força vem sendo transmitida de Mestre a discípulo desde a origem dos tempos. Com esta energia, vocês estarão aptos a preparar outros jovens para perpetuar estes ensinamentos às gerações vindouras.

A partir daquele momento, nossos vínculos ficaram muito mais fortes. Havia como que uma identificação entre nós.

Com o passar do tempo, o Mestre começou a nos catalisar, mediante a sua simples proximidade, estados de consciência expandida, o que proporcionava percepções de sabedoria e autoconhecimento como jamais havíamos experimentado. Em consequência, surgiam para-normalidades que nos maravilhavam.

– Mestre, se estes poderes brotam em nós, que somos meros estudantes, ao vivenciar tais estados de consciência, por que você nunca havia nos mostrado os seus próprios poderes?

– Os poderes não são para ser demonstrados. São meras consequências das metamorfoses biológicas que os exercícios estão produzindo em nossos corpos. Conferir importância demais a essas faculdades deriva a atenção do praticante, desviando-a do que é verdadeiramente importante, divergindo-a para o que constitui mero efeito colateral.

– Então, isso significa que não devemos utilizar nossos poderes?

– Podem utilizá-los com naturalidade. Contudo, não devem exibi-los.

Assim, a partir desse momento, passamos a utilizar nossas para-normalidades, mas com discrição.

*First, the perineum reacted, producing intense heat and involuntary muscular contractions. Then that sensation rose, pulsating, through the center of the spine, and we felt a pleasant pressure inside our skulls. It seemed as if our blood had gone all the way up through spine to the head. We felt ourselves shaking and sweating under his powerful touch. The feeling was very pleasant and it now enveloped our entire bodies. When we came to, we were pouring copious amounts of spontaneous, inexplicably joyful tears.*

*"What was that?" we asked the Master. "Why are we feeling this?"*

*The Master waved away a firefly that had settled on his forehead, sat down beside us and explained.*

*"I have just transmitted to you the Force of the Sages who came before me. Just as a flame ignites another flame, this Force has been transmitted from Master to disciple since the origin of time. With this energy, you will be apt to train other young people to perpetuate these teachings for generations to come."*

*From that moment onwards, ours bonds strengthened. There was a new connection and respect between us as we identified with each other.*

*Over time the Master proceeded to catalyze in us states of expanded consciousness, which provided insights of wisdom and self-knowledge as we had never experienced before. As a consequence, the paranormalities began to arise astonishing.*

*"Master, if these powers sprout within us, as mere students, when we experience such states of consciousness, why have you never shown us your own powers?" I asked.*

*"These powers are not to be demonstrated. They are mere consequences of the biological metamorphosis that the exercises are producing in our bodies. People who give too much importance to these faculties become distracted, diverting their attention from what is truly important, and instead focusing it on what is merely a side effect."*

*"So, does that mean we should not use our powers?"*

*"You can use them naturally. However, do not show them off."*

*So, from that moment on, we began to use our paranormalities, but, very discretely.*

# O DESPERTAR DOS PODERES EM NÓS

Quando começamos a andar, somos desajeitados e trôpegos. Assim, também ocorre com as faculdades recém-adquiridas, no início não tínhamos muita habilidade para administrá-las. Às vezes, aplicávamos muita energia para produzir um efeito insignificante para o que, em termos de custo/benefício, teria sido mais conveniente usar as mãos ou outra ferramenta qualquer do que as para-normalidades.

O Mestre nos admoestava:

– Guardem a Força para usá-la somente quando for realmente necessário. Aprendam a refreá-la nas circunstâncias em que for possível aplicar outra solução.

Mais uma vez, ele respondera antes que conseguíssemos perguntar. Íamos justamente questionar o fato e dizer que não era de propósito. Ocorria um impulso natural de reagir com as novas aptidões que tinham sido despertadas. Mas, então, faríamos um esforço para manobrar essas energias a fim de não desperdiçá-las onde não fossem imprescindíveis.

Como sempre, tempos depois compreendemos a extensão dessa advertência do Mestre. Mesmo nas melhores aldeias da nossa etnia, podiam ocorrer casos esporádicos de comportamentos menos elogiáveis. Certo dia, um aldeão manifestou uma incontida inveja pelo fato de que nós, a esta altura, trabalhávamos muito pouco, mas havíamos conseguido organizar a vida e a família de forma a que não nos faltasse conforto. De fato, tornáramo-nos uma das famílias mais ricas da aldeia. Nossos investimentos na aquisição de terras, no plantio e na reprodução de cabras e bovinos, ao longo dos anos, estavam dando os inevitáveis frutos.

Por aplicar os conhecimentos adquiridos do Mestre, desenvolvêramos uma intuição muito refinada para tratar de negócios. Por outro lado, utilizando uma alimentação melhor, que o Velho Sábio nos ensinara,

## THE AWAKENING OF THE POWERS WITHIN US

*As we learn to walk, we are clumsy and stumbling on everything. The same also applies to these newly acquired abilities, at first we did not have much aptitude to manage them. Sometimes we used a lot of energy to produce an insignificant effect which, in terms of cost/benefit, would have been wiser to use our hands or another tool rather than the paranormalities.*

*The Master admonished us:*

> *"Save the Force to use it only when it is really needed. You must learn to restrain its use in circumstances in which another solution is possible."*

*Once again, he had answered us before we could ask the question. We were just about to say that it was not on purpose. There was a natural impulse to react with the new aptitudes that had been awakened. Regardless, we would make an effort to maneuver those energies so as not to waste them where they were not indispensable.*

*As always, it was only much later that we understood the extent our Master's warning. Sporadic cases of less commendable behaviors could happen even in the best villages of our ethnic group. One day a villager displayed an uncontrollable bout envy about how we were working very little. We had managed to organize our family life and in such a way that we did not lack comfort. In fact, we became one of the wealthiest families in the village. Our investments over the years in purchasing land, in planting and in the breeding of goats and cattle were producing the inevitable results.*

*As we applied the knowledge acquired from the Master, we had also developed a refined intuition in our business deals. On the other hand, by nourishing our family better, as the Sage had taught us, our children grew stronger, and so only two of our offspring died.*

nossos filhos cresceram mais fortes e, com isso, só morreram dois da nossa prole. Graças a esse fato, dispúnhamos de mais mão-de-obra na família, o que, por sua vez, contribuía para o nosso sucesso econômico.

Em vista disso tudo, o aldeão invejoso começou a espalhar comentários maldosos: "Esses dois vivem na caverna com o Velho Sábio, fazendo nada, enquanto nós temos que ficar aqui de sol a sol trabalhando na lavoura. No final, eles possuem mais do que nós. E seus filhos não adoecem, nem morrem como os nossos. Só pode ser magia negra que eles aprenderam com o Mestre. Se eu fosse você não me aproximaria dessa gente. Seria bom não visitá-los e não convidá-los para nada. Eles são perigosos, têm parte com os demônios das profundezas da terra."

Pouco tempo depois que o invejoso começou a perpetrar suas maledicências, uma praga destruiu sua lavoura; seus animais morreram; um dos filhos sofreu um acidente com a foice, e o ferimento gangrenou. Em pouco tempo a coisa evoluiu de tal forma que sua mulher passou a atribuir todas essas perdas às atitudes do cônjuge, e o abandonou. Logo depois, casou-se justamente com um vizinho de quem o fuxiqueiro não gostava. Sua saúde, talvez em consequência desses fatos, ficou muito débil e diversos problemas sérios começaram a surgir.

O infeliz foi procurar o médico da aldeia, um ancião que havia se dedicado somente à vertente terapêutica do Conhecimento. Como esse ancião também detinha a sapiência dos anos de vida e da profissão que exercia, depois de estudar o caso atentamente, após muitas idas e vindas, e tentativas infrutíferas para reverter os sintomas, concluiu que talvez seus infortúnios tivessem alguma relação com a campanha desencadeada pelo consulente contra os discípulos do Velho Mestre.

– É possível que você não saiba, mas os que se dedicam de corpo e alma ao Conhecimento ficam protegidos contra os que obram para prejudicá-los. São defendidos pelo Poder Gregário acumulado por milhares de gerações. A Lei Universal, para preservá-los, destrói quem os atacar. Por que você não vai falar com eles?

No estado de espírito em que estava, o futriqueiro não tinha mais para quem apelar. Empobrecido, doente, com o moral arrasado, a auto-estima no chão, abriu mão do orgulho e veio ter conosco. Expôs detalhadamente sua situação. Pediu perdão e suplicou que retirássemos a

*It was thanks to this fact that we had more workers in the family, which, in turn, contributed to our economic success.*

*On the face of it all, the envious villager began to spread malicious rumors:*

> *"These two live in the cave with the old Sage, they do nothing, while we work our fields from dawn to dusk. Yet, at the end of the day they have more than we do. And their children do not get sick or die like ours do. It can only be the black magic that they learned from the Master. If I were you I would not go near this people. It would be better not to visit them and I would not invite them for anything. They are dangerous, they are in league with the demons from the depths of the earth."*

*Shortly after the envious man began to perpetrate his slander, a plague destroyed his crop; his animals died; one of his children suffered an accident with the sickle, and the injury became infected with gangrene. In no time, as things continued to happen, his wife began to attribute all of these misfortunes to his attitudes, and left him. Shortly thereafter, she married a neighbor that the troublemaker ex-husband did not like. His health, perhaps as a result of these events, began to decline and he started to suffer several serious problems.*

*The unfortunate man went to the village doctor, an elder who had dedicated himself strictly to the therapeutic aspect of Knowledge. This elder also possessed the wisdom experience in life and profession and, after carefully studying the case, after many comings and goings, and unsuccessful attempts at reversing the symptoms, he concluded that perhaps his misfortune was related in some way to the rumors that the patient had spread against the disciples of the Old Master.*

> *"It is possible that you did not know, but those who devote themselves completely to Knowledge are protected against those who act against them. They are defended by the Gregarious Power accumulated over thousands of generations. The Universal Law, to preserve them, destroys those who attack them. Why don't you go talk to them?"*

*At this stage of affairs the troublemaker had no other course of action. He came to us poor, sick, morally devastated, without self-esteem, his pride surrendered. He explained his situation in detail. He apologized*

maldição. Explicamos que não havia maldição alguma, mas ele não acreditava. Procuramos fazê-lo entender que o mecanismo era outro:

– Meu amigo, nosso princípio ético é o de nunca rebater o ódio com o ódio, pois, se assim o fizéssemos, entraríamos em sintonia com a fonte emissora desse sentimento pesado e ele nos atingiria. Nós não fizemos nada contra você e não lhe queremos mal. O que ocorreu foi que somos protegidos contra qualquer energia maléfica, pois temos uma missão a cumprir e precisamos ser preservados. Quando alguém lança contra nós uma ação, palavra ou pensamento destrutivo, tal atitude resvala na nossa proteção e volta contra o agressor. Não somos nós que o fazemos e nem sequer tomamos conhecimento do ocorrido. Você é quem precisa desfazer o que havia obrado contra nós. O que podemos fazer por você é mentalizar para que as consequências dos seus atos sejam atenuadas. Mas, na verdade, está tudo nas suas mãos.

E assim foi. Mentalizamos muita saúde e felicidade para o difamador. Ele também se ajudou, buscando compensar o mal que havia semeado. Pouco a pouco as coisas foram melhorando para ele. No entanto, o que ele já havia perdido, perdido estava.

Consultando o Mestre para saber se também neste caso tínhamos alguma responsabilidade de controlar os poderes, um peso foi retirado dos nossos ombros.

– Não, meus filhos. Neste caso não foi a sua para-normalidade que causou aquelas ocorrências. O efeito de reação foi desencadeado pelo próprio desafortunado senhor que atacou quem está protegido. Por mais que não queiramos fazer mal a ninguém, não podemos impedir que, muitas vezes, as pessoas menos educadas façam mal a si mesmas.

Depois de uma pequena pausa como para marcar bem que iria abordar outra questão, continuou:

– Tenho percebido que, com o passar do tempo, vocês foram se tornando pessoas mais austeras e estão perdendo a doçura e a poesia. Nossa filosofia não recomenda isso. Sei que hoje estão mais velhos e têm todas as responsabilidades das pessoas de sua idade, contudo devem preservar o mesmo frescor e entusiasmo da juventude.

*and pleaded that we should remove the curse. We explained that there was no curse, but he did not believe us. We tried to make him understand that the mechanism didn't work that way:*

> *"My friend, our ethical principle determines that we will never to fight hatred with hatred, for if we did, we would be in tune with the source emanating that dense feeling and it would plague us too. We have not done anything against you and we do not want you to feel bad. What has happened is that we are protected against any ill will, since we have been given a mission to fulfill and as such we must be preserved. When someone attacks us with a destructive action, word or thought, it bounces off our protection and that attitude is reflected back against the aggressor. We are not doing anything and we do not even know what happened. It is you who must undo what you have done against us. What we can do for you is to mentalize that the consequences of your actions are mitigated. Although, in reality, everything is in your own hands."*

*And so, it was. We mentalized a lot of health and happiness for the slanderer. He also started to act for his own wellbeing, he seek to make up for the evil he had sown. Little by little things were improving for him. However, what he had already lost, was gone.*

*We also consulted the Master to see if, in this situation, we had any responsibility to control these powers, and a weight was removed from our shoulders.*

> *"No, my children. In this case it was not your para-normality that caused those occurrences. The culprit was the unfortunate man himself, who attacked those protected and triggered the reactionary effect. As much as we do not want to hurt anyone, often we cannot prevent these people from hurting themselves."*

*After a short pause, as if to clearly emphasize that he would address another question, he continued:*

> *"I've noticed that, as time passes you have become more austere people and you are losing your sweetness and poetry. This is not recommended by our philosophy. I know that today you are older and have all the responsibilities of people your own age, yet you should preserve the same freshness and enthusiasm of youth."*

# A Herança do Mestre

Passados alguns anos, o Sábio, já bem velho, chamou-nos ao seu leito, segurou-nos as mãos e disse que era chegada a sua hora.

– Cuidem bem desta Cultura. Não deixem que se perca. Assumam, como sua grande missão, transmiti-la às próximas gerações. Não permitam que seus discípulos modifiquem coisa alguma, nem que adaptem, nem que simplifiquem. É seu dever sagrado empenhar todos os esforços para que daqui a milhares de anos, nosso ensinamento esteja ainda puro e íntegro, sendo outorgado àqueles que tiverem mérito para receber a Iniciação. Que o Grande Poder Cósmico os abençoe.

E, dizendo estas palavras, expirou. Pareceu-nos perceber algo como um som grave, um baque surdo que sacudiu toda a caverna. Quase instantaneamente surgiu uma diáfana luminescência que deu-nos a perceber a presença de uma legião de Mestres Ancestrais voltando seu olhar para nós. Por trás e acima de todos eles havia um que estava envolto num círculo de fogo, cuja luz era o que iluminava o ambiente e que emanava dele para envolver a todos os demais, inclusive a nós. Fomos invadidos por um enorme sentimento de paz e felicidade. Foi tudo muito rápido, mas com a noção de tempo alterada, pudemos observar e sentir cada impressão de forma bem marcante.

Como num relâmpago demorado, aos poucos a percepção daquela luminosidade foi desaparecendo. Contudo, a sensação de presença dos Mestres Ancestrais ao nosso lado, permaneceu.

Naquele momento sentimos como se sua força cumulativa tivesse sido passada para nós. Nós que, a esta altura já éramos anciãos, estávamos herdando sua caverna, sua biblioteca e sua gloriosa missão. Certamente, em breve um jovem especial, diferente dos demais, iria procurar-nos, cativado pelas mesmas propostas que nos fascinaram. Poderíamos, então, cumprir nosso gratificante destino, preservando o Grande Conhecimento que constitui um importante patrimônio cultural da Humanidade.

Fim?

# The Heritage of the Master

*A few years later the Sage, now quite old, called us to his bedroom, he took our hands and told us that his hour was coming.*

> *"Take good care of this Culture. Do not let it be lost. Your great mission is to take the responsibility to transmit it to the next generations. Do not allow your disciples to change, adapt, or simplify anything. It is your sacred duty to make every effort, so that thousands of years from now our teachings continue pure and unabridged, being passed down to those who deserve to receive the Initiation. May the Great Cosmic Power bless you."*

*And, with these words, he passed away. We seemed to perceive something like a deep sound, a hollow thud that shook the whole cave. Almost instantaneously a diaphanous luminescence appeared that enabled us to perceive the presence of a legion of Ancestral Masters turning their gaze to us. Above and behind them there was one enveloped in a circle of fire, the light of which illuminated the ambient and emanated from him to envelop all others, including us. We were invaded by an enormous sense of peace and happiness. It was all very fast, but with the notion of altered time, we were able to observe and feel each impression very clearly.*

*Like a long flash of lightning, the perception of that luminosity gradually faded. However, the presence of the Ancestral Masters at our side remained.*

*At that moment we felt as if its cumulative force had been passed down to us. We were already Elders and we were inheriting his cave, his library and his glorious mission. Inevitably, a special young man, unlike the others, would soon come to us, captivated by the same ideals that fascinated us. We could then fulfill our gratifying destiny, preserving the Great Knowledge that constituted an important cultural patrimony of Humanity.*

## The End?

# HISTÓRICO E TRAJETÓRIA DO AUTOR

https://www.facebook.com/professorderose
https://youtube.com/metododerose
https://derosemethod.org/blogdoderose
https://www.instagram.com/professorderose

Vídeo de outorga da Grã-Cruz do Exército: https://derose.co/gracruz-meritofarmaceuticomilitar
Vídeo de outorga do Grão-Colar Cruz do Anhembi: derose.co/outorgaderose1
Vídeo de posse como imortal da academia ABRASCI: derose.co/outorgaderose2
Vídeo de outorga da Medalha da Constituição derose.co/outorgaderose3
Vídeo da outorga de Comendador na Secretaria de Educação: derose.co/outorga-comendador-sp
Grã-Cruz da Ordem Militar e Hospitalar São Lázaro de Jerusalém: http://derose.co/gracruz-saolazaro
Vídeo de entrevista: derose.co/conversascomrumo
Outorga da Cruz de Mérito, da Cruz Vermelha: https://derose.co/cruz-vermelha

## LAUREADO POR:

**Assembleia Legislativa do Rio de Janeiro e de São Paulo, Governo do Estado, Defesa Civil, Câmara Municipal, Exército Brasileiro, Polícia Militar, Rotary, Associação Paulista de Imprensa, Câmara Brasileira de Cultura, Ordem dos Parlamentares do Brasil, ABFIP ONU, OAB etc.**

Tendo comemorado 40 anos de carreira no ano 2000, recebeu, em 2001 e 2002, o reconhecimento do título de Mestre (não acadêmico) e **Notório Saber** pela FATEA – Faculdades Integradas Teresa d'Ávila (SP), pela Universidade Lusófona, de Lisboa (Portugal), pela Universidade do Porto (Portugal), pela Universidade de Cruz Alta (RS), pela Universidade Estácio de Sá (MG), pela Universidade Estácio de Sá (SC), pelas Faculdades Integradas Coração de Jesus (SP), pela Câmara Municipal de Curitiba (PR).

Em 2001, recebeu da Sociedade Brasileira de Educação e Integração a Comenda da Ordem do Mérito de Educação e Integração.

Em 2003, recebeu outro título de Comendador, agora pela Academia Brasileira de Arte, Cultura e História.

Em 2004, recebeu o grau de Cavaleiro, pela Ordem dos Nobres Cavaleiros de São Paulo, reconhecida pelo Comando do Regimento de Cavalaria Nove de Julho, da Polícia Militar do Estado de São Paulo.

Em 2006, recebeu a Medalha Tiradentes, pela Assembleia Legislativa do Estado do Rio de Janeiro, e a Medalha da Paz, pela ABFIP ONU Brasil. No

mesmo ano, recebeu o reconhecimento do título pela Câmara Brasileira de Cultura, pela Universidade Livre da Potencialidade Humana, e o Diploma do Mérito Histórico e Cultural, no grau de Grande Oficial. Foi nomeado Conselheiro da Ordem dos Parlamentares do Brasil.

Em 2008, recebeu a Láurea D. João VI, em comemoração aos 200 anos da Abertura dos Portos. No seu aniversário, dia 18 de fevereiro, recebeu, da Câmara Municipal, o título de Cidadão Paulistano. Em março, foi agraciado, pelo Governador do Estado de São Paulo, com o Diploma *Omnium Horarum Homo*, da Defesa Civil. Nesse mesmo ano, recebeu a Cruz da Paz dos Veteranos da Segunda Guerra Mundial, a Medalha do Mérito da Força Expedicionária Brasileira, a Medalha MMDC, pelo Comando da Polícia Militar do Estado de São Paulo, a Medalha do Bicentenário dos Dragões da Independência do Exército Brasileiro e a Medalha da Justiça Militar da União.

Em novembro de 2008, foi nomeado Grão-Mestre Honorário da Ordem do Mérito das Índias Orientais, de Portugal.

Em virtude das suas atuações nas causas sociais e humanitárias, no dia 2 de dezembro, recebeu uma medalha da Associação Paulista de Imprensa. No dia 4 de dezembro, foi agraciado com a medalha Sentinelas da Paz, pela A. Boinas Azuis da ONU de Joinville, Santa Catarina. No dia 5 de dezembro, recebeu, na Câmara Municipal de São Paulo, a Cruz do Reconhecimento Social e Cultural. No dia 9 de dezembro, recebeu, no Palácio do Governo, a medalha da Casa Militar, pela Defesa Civil, em virtude da participação nas várias Campanhas do Agasalho do Estado de São Paulo e na mobilização para auxiliar os desabrigados da tragédia de Santa Catarina. No dia 22 de dezembro, recebeu mais um diploma de reconhecimento da Defesa Civil, no Palácio do Governo.

Em janeiro de 2009, recebeu o diploma de Amigo da Base de Administração e Apoio do Ibirapuera, do Exército Brasileiro.

Em 2010, recebeu o título de Professor **Doutor *Honoris Causa***, pela Faculdade de Ciências Sociais de Florianópolis.

DeRose é apoiado por um expressivo número de instituições culturais, acadêmicas, humanitárias, militares e governamentais, que reconhecem o valor da sua obra e tornaram-no o professor de filosofia hindu mais condecorado no mundo com medalhas, títulos e comendas. Contudo, ele sempre declara:

***"As honrarias com que sou agraciado, de tempos em tempos, tratam-se de manifestações do respeito que a sociedade presta a esta filosofia e ao trabalho de todos os profissionais desta área. Assim sendo, quero dividir, com você, o mérito deste reconhecimento."***

Comendador DeRose ministrando a Aula Magna, após receber o título de Professor Doutor *Honoris Causa*, em 2010, no Complexo de Ensino Superior de Santa Catarina, Faculdade de Ciências Sociais de Florianópolis.

# TRATADO DE YÔGA

**TRATADO DE YÔGA (YÔGA SHÁSTRA):** Um clássico. É considerada uma obra canônica, a mais completa do mundo em toda a História do Yôga, com 940 páginas e mais de 2000 fotografias.

- 32 mantras em sânscrito;
- 108 mudrás do hinduísmo (gestos reflexológicos) com suas ilustrações;
- 27 kriyás clássicos (atividades de purificação das mucosas);
- 54 exercícios de concentração e meditação;
- 58 pránáyámas tradicionais (exercícios respiratórios);
- 2100 ásanas (técnicas corporais) com as suas fotos;

Apresenta capítulos sobre karma, chakras, kundaliní e samádhi (o autoconhecimento). Oferece ainda um capítulo sobre alimentação e outro de orientação para o dia-a-dia do praticante de Yôga (como despertar, o banho, o desjejum, a meditação matinal, o trabalho diário etc.). É o único livro que possui uma nota no final dos principais capítulos com orientações especialmente dirigidas aos instrutores de Yôga. Indica uma bibliografia confiável, mostra como identificar os bons livros e ensina a estudá-los.

Você pode adquiri-lo nas melhores livrarias ou pelos *telefones:*

(11) 3081-9821, 3088-9491 ou 99312-6714.

**www.DeRoseMethod.org**

## MÉTODO DE BOAS MANEIRAS

A maior parte das normas de conduta surgiu de razões práticas. Se você conseguir descobrir o veio da consideração humana, terá descoberto também a origem de todas as fórmulas da etiqueta. Tudo se resume a uma questão de educação.

Boas maneiras, são as maneiras de agir em companhia de outras pessoas de forma a não invadir o seu espaço, não constrangê-las e fazer com que todos se sintam bem e à vontade na sua companhia. Por isso, boas maneiras são uma questão de bom-senso.

O melhor deste livro é que sua leitura divertirá e ilustrará bastante. Então, aproveitemos!

## MENSAGENS

Este é um livro que reúne as mensagens mais inspiradas que foram escritas pelo escritor DeRose em momentos de enlevo durante sua trajetória como preceptor desta filosofia iniciática. Aqui compilamos todas elas para que os admiradores dessa modalidade de ensinamento possam deleitar-se com a força do verbo. É interessante como o coração realmente fala mais alto. Muita gente só compreendeu o ensinamento do Sistematizador DeRose quando leu suas mensagens. Elas têm o poder de catalisar a força interior de quem as lê e desencadear um processo de modificação do caráter através da potencialização da vontade e do amor.

## MEDITAÇÃO

Para ensinar meditação, é imprescindível que o ministrante tenha experiência prática e anos de adestramento para que saiba solucionar as dificuldades dos alunos.

Prof. DeRose comemora mais de 50 anos ensinando meditação nas universidades federais, estaduais e católicas de quase todos os estados do Brasil em cursos de extensão universitária.

Quanto à experiência pessoal, DeRose já vivenciou estados que se encontram um patamar acima da meditação, algumas vezes na própria Índia, para onde viajou durante 24 anos.

## KARMA E DHARMA

Não acha que já está na hora de você tomar as rédeas da sua própria vida? Mudar de destino é muito fácil se você conhecer as leis que regem o universo.

O autor mudou seu destino pela primeira vez aos 14 anos de idade. Descobriu como era simples e pela vida afora exercitou a arte de alterar os desígnios da sua existência, e a ensinar os seus alunos como conquistar o sucesso profissional, a felicidade, a saúde, a harmonia familiar e boas relações afetivas. A vida do autor é o melhor exemplo da eficácia dos seus ensinamentos.

## CHAKRAS E KUNDALINÍ

Para os estudiosos que já leram tudo sobre chakras e kundaliní esta obra é uma preciosidade, pois acrescenta dados inéditos que se mostram extremamente lógicos e coerentes, mas que não se encontravam em parte alguma antes desta publicação.

Por outro lado, a linguagem do livro é acessível e torna o assunto muito claro para quem ainda não conhece nada a respeito. Isso, aliás, é uma característica do autor. O escritor DeRose consegue transmitir profundos conhecimentos iniciáticos com uma naturalidade e clareza que impressionam os eruditos.

De onde DeRose recebeu tantos ensinamentos? E como consegue demolir o mistério que os envolvia, tornando o tema tão simples? Se você tivesse estudado o assunto desde a adolescência, se houvesse se dedicado ao seu magistério durante mais de meio século, se tivesse viajado para os mosteiros dos Himálayas durante 24 anos, é bem provável que também manifestasse a mesma facilidade para lidar com o hermetismo hindu.

## MÉTODO PARA UM BOM RELACIONAMENTO AFETIVO

Finalmente, um livro que diz tudo, sem meias palavras, com seriedade e usando uma linguagem compreensível. Era assim que queríamos ler sobre esse emaranhado emocional que são as relações afetivas.

Dos livros que tentam dissertar sobre o tema, a maior parte é maçante. Os outros, populares demais. Estava faltando um livro pequeno, mas profundo; culto, mas escrito em linguagem coloquial; e que não fosse elaborado por um teórico no assunto, mas por alguém com experiência prática, real e incontestável.

***Bom Relacionamento Afetivo*** é tudo isso. E mais: é o presente ideal para o namorado ou namorada, marido ou esposa e, até, para os "melhores amigos". Ofertar este livro é abrir a visão da pessoa que você ama para novos valores e colocar a felicidade em suas mãos.

# BestFriend BookCrossing

A prática do *BookCrossing* consiste em "libertar" os livros que já tiver lido em locais públicos para que outras pessoas possam ter acesso gratuito a eles, transformando, assim, o mundo em uma grande biblioteca aberta.

O *BestFriend BookCrossing* consiste em "libertar" algum livro que tenha lido e que considere muito importante, ofertando-o ao seu melhor amigo a fim de lhe proporcionar informações relevantes ou experiências, princípios e valores que possam melhorar a vida dele.

Normalmente, o *BestFriend BookCrossing* costuma reforçar os vínculos de amizade entre as pessoas e, muitas vezes, tornar inesquecível aquele que presenteou seu melhor amigo com uma obra significativa.

Espero que o estimado leitor, após ler este livro, não o deixe sozinho, triste e abandonado numa estante. Espero que lhe dê vida e alegria, permitindo-lhe uma existência mais útil, passando-o adiante.

Caso já seja uma segunda ou terceira pessoa a ler este livro, não interrompa essa dinâmica e siga compartilhando a obra.

Se você for muito apegado a este volume, pelo menos, adquira outro para presentear à pessoa que você mais estima.

Receba, em troca, a gratidão de todos, autor e futuros leitores.

Nossos votos de muita felicidade, saúde e prosperidade pela sua solidariedade ao propagar a cultura por entre o nosso povo.